我末代工农兵学员

敬一丹 等著

長江出版傳媒 | 长江文艺出版社

主编：敬一丹

作者（按姓氏笔画为序）：

马进德　王亚平　王延华　王　征　王福生
毛舒宁　白学礼　李小梅　刘凤英　李建华
关　蕾　陈小渝　邱志军　肖泽红　柳小平
张利民　周　环　金重建　杨　曼　郑瑞霞
侯玉茹　徐小宁　唐丽珍　秦鲁滨　敬一丹
董传亮　谢克荃　焦津胜　韩　菊

插图作者：李小梅

特约编辑：王亚平　周　环

北京长江新世纪文化传媒有限公司
www.cjxinshiji.com
出品

序

趁我们还没有忘记

敬一丹

微信群里一下子热闹起来。

大学同学的微信群一直很温暖，但从没有像2016年秋天这样热闹，因为大家正在准备参加同学相识40年的贵阳大聚会。期待中，呼唤、寻找、回忆、感慨，群里的热度逐日上升，聚会越发让人向往。

突然，我收到小郑同学的短信："王征走了，今晨。"

赶往他们家的路上，我又看王征前几天的微信："特别想去聚会。"

小郑泪眼望着丈夫的遗像，低声告诉我，王征一直有心脏病，9月13日这天发病，没有征兆，没有留下什么话。

接下来的几天，同学微信群里一片哀声，那样深的同学情意，那样由衷的表达！告别那天，白花挽联覆盖了殡仪馆，也覆盖了微信群。

日子一天天过去，聚会的日子到了。

贵阳的小渝迎来四面八方的同学。同学就是同学，一见面就没有了时空的距离，我们瞬间回到40年前。

当年的情景，当年的故事，当年的话题，说啊说，说了好几天，也说不完。

然而，我们听不到王征讲故事了。

王征曾经在同学微信群里发过一些回忆录，写大学和知青的生活。他讲述的方式很特别，引来一片热烈的呼应，同学们也期待着下文。我也由此唤起自己的校园回忆，曾想写下来，但念头一闪而过，以后再说吧。

以后…… 王征没有以后了。我们还有多少以后?

我们的记忆，我们的故事，不仅是我们的。如果我们忘记了，如果我们不留下痕迹，以后的人们怎么知道那些事情曾发生过?连我们的孩子都会模模糊糊将信将疑。

我问一个“80后”：“你知道什么是工农兵学员吗?”

他满眼迷惑。

看他拿起手机，我猜他要去百度了。

他会查到：1966年“文革”开始，高考废止，高校荒芜，从1970年起，基层青年通过推荐上大学，称为“工农兵学员”。

那么末代工农兵学员呢?

还是我来告诉这个“80后”吧，我们就是末代工农兵学员。作为特殊年代的特殊现象，工农兵学员存在了七届，共有94万学员。1976年入学的我们是最后一届。1977年恢复高考后，我才意识到，76级与77级的区别，不是届的区别，而是代的区别。

就是这样巧，我们入学、毕业都在历史的转折点上。向后看，末代工农兵学员与往届工农兵学员不同；向前看，与77级、78级更不同。“末代”，这个词，有着多层次的味道，它带着特殊年代的旧痕迹，也有新时代的些微征兆；“末代”，意味着一种终结，也留下了绵长的回味。

不管怎样，这是一段历史。

一个个“我”的记忆，或零碎或模糊或鲜活或生动，如同一片片小拼图，组成你中有我、我中有你的大拼图，构成共同的记忆。

于是，我和同学们说，40年过去了，趁着我们还没有忘记，记录下来吧，给我们的孩子。

于是，有了这些文字，这些画，这些故事。

CONTENTS／选 目

同一时刻

1976年，在一个又一个惊心动魄的历史性场景发生的时候，我们还分散在不同地方，而这一年的秋天，在那个历史时刻，我们在那样的时空里，与转折相遇。

前传

我从哪里来

“同学”，这个词离开我们太久，我们少年时就被迫告别了学生的身份，变成了知青、工人、军人……东西南北，人海茫茫，我们都从哪里来？我们的青春是什么模样？

我曾是知青 / 012

我也曾是兵团战士、工人、农民……
我来自高原、田野……

我们被选择 / 065

我是革命一块砖，哪里需要往哪搬

遇到话筒 / 071

没有选择的年代遇到了自己喜欢的事

应考 / 092

口试稿：《华主席为首的党中央一举粉碎四人帮》

赴校 / 107

我搭上了工农兵大学生的末班车

正传

我的青春我的课

停课的日子，街上游行、斗走资派、大学生辩论、宣传队演出，我们这帮孩子看热闹时，并不知道这是悲剧，觉得是“阳光灿烂的日子”。我们的课没上完，就分别成了工农兵，上课的铃声，那么遥远……终于，我们又听到铃声，可以上课了！

上课啦 / 123

饥渴的心，半饱的课

醒来啦 / 156

久旱逢甘霖

开饭啦 / 168

粗粮票给了男生

女生们 / 176

航空母舰和美人鱼

击鼓传花 / 193

传来传去，七嘴八舌

课堂之外 / 208

率先去毛主席纪念堂工地劳动

后传

走出校园这些年

入校是集结，毕业是出发。走出校门时，我们又赶上一个历史的节点：十一届三中全会召开。转变的年代，变化急剧而深刻。一路走来，我们，当年的末代工农兵学员，成为了什么？

没读够，舍不得，不甘心 / 234

回路，新路 / 236

起飞与降落 / 237

老马也奔腾 / 239

他们眼中的我们

末代工农兵学员，他们经历了懵懂，经历了苦难，经历了激情，经历了渴望，经历了彷徨，经历了幸运，经历了喜悦，经历了成熟，是那个特殊年代艰难而极其幸运的一班人。

校园里还有一排年轻的白杨 / 249

同样的血液，不一样的选择 / 258

同一时刻

“转折点”，用这个词来形容1976年再贴切不过了。这个转折不仅是国家的，也是我们这群人的。1976年，在一个又一个惊心动魄的历史性场景发生的时候，我们还分散在不同地方，而这一年的秋天，在那个历史时刻，我们在那样的时空里，与转折相遇。

我赶上了粉碎“四人帮”庆祝大会 董传亮

1976年10月18日，我怀着崇敬的心情来到北京广播学院报到。到了学校才知道，新生报到的日期推迟了！原来党中央发布了粉碎“四人帮”的消息，北京多所高校推迟了入校时间。

人来了，不能再回去，学校安排我先到学校印刷厂帮忙印教材。印刷厂里，师傅们纷纷议论着：国家有救了，党有救了，老百姓能有好日子了！

10月23日，新闻系老师通知我们，24号去天安门广场参加百万人庆祝粉碎“四人帮”大会，华国锋主席和中央领导同志都要出席。

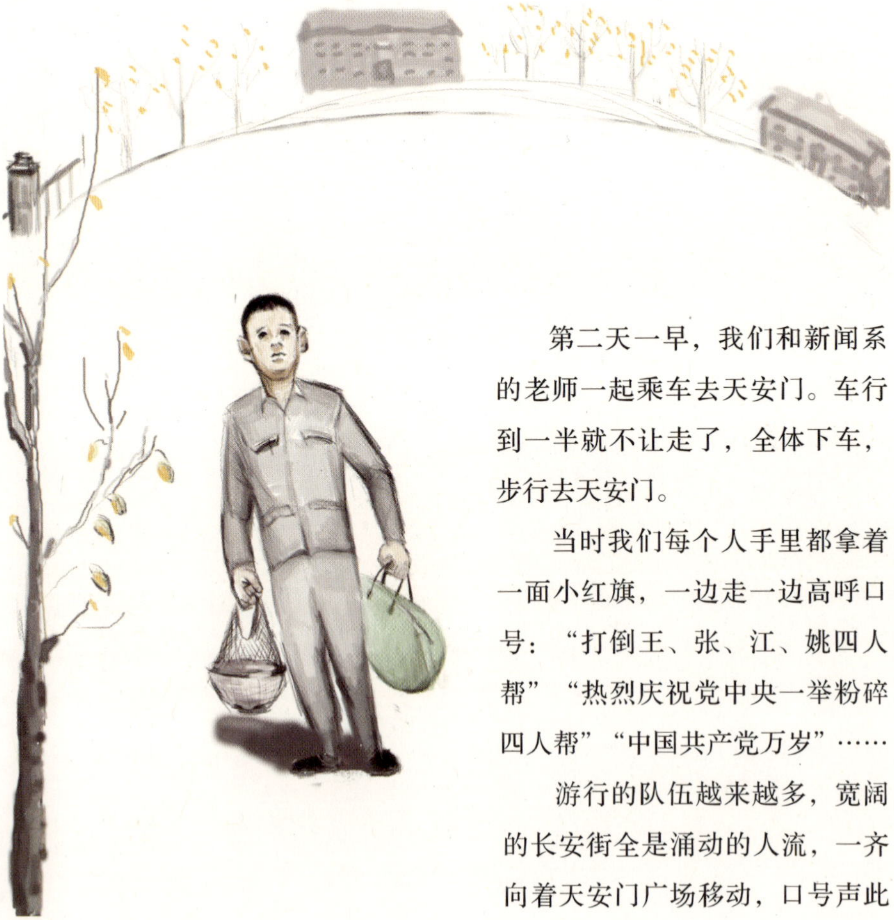

第二天一早，我们和新闻系的老师一起乘车去天安门。车行到一半就不让走了，全体下车，步行去天安门。

当时我们每个人手里都拿着一面小红旗，一边走一边高呼口号：“打倒王、张、江、姚四人帮”“热烈庆祝党中央一举粉碎四人帮”“中国共产党万岁”……

游行的队伍越来越多，宽阔的长安街全是涌动的人流，一齐向着天安门广场移动，口号声此

打倒王.张.江.姚!

起彼伏，让人热血沸腾。

我哪里见过这种场面，也竭尽全力地喊着口号。大约走了四五公里，还没到天安门广场，我的嗓子就喊哑了。

中午十二点左右，我们到达天安门广场，广院的队伍被安排在国旗杆下。

这时的天安门广场真是旗的海洋、人的海洋、欢乐的海洋，歌声、口号声震天响。人们围成一个个圈，唱啊，跳啊，发自内心的喜悦已经达到了沸腾的程度。

下午三点，庆祝大会开始，华国锋和中央领导出现在天安门城楼上，全场欢声雷动。我两眼紧紧盯着天安门城楼，我要把这些都牢牢地记在心里，见证这伟大的历史性时刻！

会议宣布了中共中央关于粉碎“四人帮”的决定，现场再一次沸腾了。

我感受到了，什么才是普天同庆，什么才是中国人的盛大节日！我被强烈地感染了。

山里女知青此刻有点蒙　敬一丹

1976年，那是多事之年。

秋末冬初，小兴安岭叶落了，却还没有雪，正是最萧瑟的时候。我的心情也是一样。

在我21年的生命经历中，没有哪一年像1976年这样大事连连。这是我知青生活的第四年，我在深山老林听到广播里传来周恩来、朱德、毛泽东去世的消息，听到“四五天安门事件”、唐山地震的消息。一次次震惊之后，我感到说不清的迷茫，不知道大山之外正在发生着什么。

北风吹过松花江边的清河小镇，那天，我突然看到一群人走上大街，他们手里拿着纸做的三角形小旗，呼喊着什么。

我走近一看，那小旗上写着“粉碎四人帮！”

风吹着红色和粉色的纸旗，哗啦啦地响。在这闭塞的角落，我有点儿蒙。

我问：什么叫“四人帮”？

那时，我还没有意识到，巨大的变化就在眼前。

正在电台值早班　金重建

1976 年 10 月，粉碎“四人帮”的消息播出那天，我正在浙江电台值早班，转播中央台的早新闻。我聚精会神地听着北京传来的消息。

其实在这之前，我大哥就从外面听来传闻，大家都很惊讶，半信半疑，私下里议论纷纷。

大家从中央台新闻里听到这个消息，证实了此前的传闻，都无比振奋。我们的转播也把这消息传遍浙江城乡。在话筒前，我难以平静：国家形势发生大变化，新的历史时期开始了。

悲喜交加本命年 柳小平

1976年是最刻骨铭心的一年，也是最惊心动魄的一年。

这一年是我的本命年。告别知青生活，我到湖北人民广播电台做播音员。

1月8号，一种撕心裂肺的音乐从广播里传出，是哀乐——周总理逝世了。那是我第一次在广播里听到哀乐，它是那样使人哀伤。

没想到，刚进入7月，哀乐再次响起——朱德委员长逝世了。1976年的7月特别炎热，让人坐立不安。

7月底，唐山发生了中国历史上罕见的大地震，每天都有新的伤亡数字传来，最后这个数字是让人惊恐的24万多。

9月9号，令人心惊的哀乐再次响彻中华大地——毛主席逝世了。老百姓觉得天都塌了。我们省台的自办节目除了天气预报以外都停止了，每天大家集中收听收看中央台毛主席逝世的专题节目。

一次，在哀乐长时间奏响时，有位编辑当场晕厥过去。大家都说，今年是怎么了？怎么了？今年是龙年，龙年是大灾年哪。

10月，党中央扭转乾坤一举粉碎了“四人帮”，人们只觉得好像是一声春雷炸响，令人窒息的社会氛围总算得到舒缓，压抑已久的情绪大爆发，人们敲锣打鼓涌上街头，真是悲喜交加，心潮难平！大街小巷响起了《祝酒歌》！

1976年，是中国最为动荡的一年，是决定中国命运的一年。这一年，也是我个人悲喜交加的一年，由年初的周天寒彻，到年底的如沐春风。

谁能想到，经历了这一时刻的四个人，不久以后会成为同学？

前传

我从哪里来

青春的模样

谁能想到，不久以后，我们会成为同学。“同学”，这个词离开我们太久，我们少年时就被迫告别了学生的身份，变成了知青、工人、军人……东西南北，人海茫茫，我们都从哪里来？有着怎样的经历？在重新成为学生之前，和谁在一起？怎样从少年到青年？在那样的年代，他、她、我，青春是什么模样？

我曾是知青

小兴安岭知青的春夏秋冬 敬一丹

1972年夏，在哈尔滨道外码头，妈妈爸爸把我送上船。解缆绳，撤跳板，船开了，岸上的妈妈变得越来越小，变成一个小小的白点，直到看不见了。松花江水缓缓流着，我转过头，看着前方清河的方向。

我走向了知青年代。

从 1972 年夏到 1976 年冬，我在小兴安岭的清河林区度过了我的知青时代。那四年半的经历影响了我的一生。冬天里的小白桦，春天里的红松苗，夏天里的林间雨，秋天里的榛子棵，`那林间四季，是我知青时代记忆的背景。

春天来了，植树造林开始了。20 世纪 70 年代，林区已经是边砍树边植树。春季植树，那是场真正的大会战，职工家属男女老少带上林区专业造林用的“郭式锹”，从苗圃运来落叶松、红松树苗，热热闹闹去植树。

山坡上，雪融化了，草刚吐绿，林子里那特有的春天味儿，让我有些眩晕。在别的地方，别的时候，我从来没有闻过那种草木萌发的味道，我很享受那种感觉。

我白天到山上植树，早晚在广播站广播。新胜林场的高音喇叭里，传出我的声音：“今天一工段栽树——亩，二工段栽树——亩。”我在广播里字正腔圆地说出这样的话：“青山常在，永续利用。”听说，这句话是周恩来总理的指示，如果这样的理念得到有效落实，森林资源的危机还会延缓一些。后来，我们林场改叫“森林经营所”，以营林为主了。我经常广播的内容是改造次生林、营林什么的。

春天，没有什么菜，去年冬储的菜吃完了，今年的菜籽刚种下去，青黄不接。好在有大豆，上顿豆腐汤、下顿豆子汤，也能对付。年轻的厨师也不发豆芽，不知是不会，还是没耐心等着豆芽发出来。汤锅里，一点绿色也没有。

春天，山上的达紫香花开了，片片烂漫，让人眼前一亮。几个男知青从山上挖了一棵达紫香，栽到林场院子里，我们天天看着它，期待它能在身边烂漫，可是，它没能活下来，也许，它就喜欢山上林间，那是适宜它的清爽之地。

夏天的林子好美！乔木、灌木、草、花，一层一层，各有各的美。

然而走进林子，并不是看起来的那么美，林子里的蚊子小咬让人望而却步，经常有姑娘们被蚊子小咬折磨得叽叽歪歪，甚至掉眼泪。进林子干活儿，得全副武装，长衣长裤防蚊帽，捂得严严实实。

在密密的草丛里，潜藏着好多危险：草爬子，会传播森林脑炎；毛毛虫，让人不寒而栗；没准儿，还会遇到蛇。有一次，在女宿舍的大炕上，竟出现一条蛇，引来满屋一阵尖叫。一个男生进来，拎起蛇的尾巴，在又一阵尖叫声里，拎出去了。打那以后，我每次上炕，都仔细看看被子里边有没有藏着蛇。

在河东青年点，我们种菜、种黄豆，夏锄时，望着长长的垄沟发愁，什么时候到头啊！不管出多少汗，沾多少土，回到宿舍每人都只能分到大半盆热水，从头到脚，都是它了。谁要是洗头，得提前打招呼，多要点儿热水。

夏夜里，电影队来了，那就是节日。空场上挂起银幕，孩子大人早早地摆上小板凳。记得有一次，放映电影《春苗》，真好啊！那时，电影少，彩色的电影更少，它赏心悦目，给我们苍白的精神生活带来绚烂的色彩。银幕上，李秀明从竹林里走来，阳光照着她青春的身影，我好像看到另一个世界。男主角达式常不同于以往的银幕英雄，他不像王成，不像李向阳，不像杨子荣，他那温文尔雅的文人气质吸引着我。看完电影，大家都在谈李秀明，而我心里暗暗喜欢的其实是达式常，我不好意思对别人说，生怕别人看出来。看完电影回青年点的路上，河水波光粼粼，萤火虫在眼前飞来飞去，一闪一闪，我有些恍惚，半梦半醒，真不愿从电影里出来。此后的日子，再也没有这样

当知青的时候，拍照片是很奢侈的事，因此当时没有留下照片。后来，新胜复制了一个小广播站，留下那个时代的一个念想。

诗意的夜晚。

在万物茂盛的夏天，我的心却有些荒凉，因为没有书读。在深山老林里，我常常怀念黑龙江省图书馆的书库。那是下乡之前的几个月，我和同学在书库帮忙整理图书，收工后，可以把那些“文革”后一直封存的书带回家去看。这对我来说，太有吸引力了！《安娜·卡列尼娜》《简·爱》《红与黑》……那些“禁书”上落满灰尘，我们如获至宝。在书库里，我好像站在大海边，摸到了海的边缘。遗憾的是，不久，我下乡了，再也没有那书库，再也没有书读了。林场里，有一个老高中毕业生，他有一本很旧的《唐诗一百首》，我千恩万谢借来，一首一首抄，他催着：“看完了吧？还我吧！”

地处偏远，交通不便，报纸在林区成了“抱”纸，积压好多天的报纸，集中送来，一抱一抱的。不管报纸怎样旧，对深山老林来说，也是新消息；不管内容是什么，那毕竟是文字。我每次看到报纸，都急不可耐想看。有时没电了，我就从青年点的柴油桶里“偷”一点油，放在玻璃瓶里，再用旧鞋带做一个灯捻儿，点起这样的油灯，如饥似渴扑到报纸上。那时的报纸，主题经常是批林批孔、反击右倾翻案风，那是在那种环境里我唯一能看到的文字。第二天清早，同宿舍的人都笑我。对镜一看，鼻孔都是黑的，那柴油的黑烟伴着报纸上的荒唐内容都被我吸进去了。

秋天的山，天天都在变。从一片浓绿，到渐渐出现浅黄、橙红。我想到的词是：色彩缤纷、绚丽多姿。而林区老人儿说：看，五花山！

我和伙伴们去五花山采榛子。榛棵儿在树林和草甸之间，我们拿着麻袋，采下一嘟噜一嘟噜榛子，包着榛子的那层厚厚的叶子，我也不知叫什么，拿在手里，微微有点扎手，但令人愉快，那里面藏着饱满的榛子。采榛子时，心里想的是家人，总想着多采点儿，晒干，干得哗啦啦响，过年时，把榛子带回家。一边采，一边感慨，大自然真慷慨，不管有没有人来采，年年都这样恩赐给我们这么多山货。在山里，我们停不下来，贪婪地摘下榛子，有时还遇到蘑菇、小果什么的。直到麻袋沉得快背不动了，我们才下山。

秋雨，让人想家。下雨的日子，不出工，我常常在雨中给家里写信。那时，写信是一种享受，一种寄托。外面的雨下着，我在枕头上铺上信纸，信给姐姐，那是知青间的交流，姐姐1968年去兵团，我是从她的知青生活里成为“准知青”的。她的地址我至今记得清清楚楚：黑龙江密山铁字409信箱214分队。信写给父母时，我描述修路的艰难，爸爸回信：“保尔也修过路，在修路时还遇到冬妮娅。”我在信里告诉妈妈：“我试着独自住在广播站，早起广播方便。”妈妈立即回信：“不要独自住，要回到大的集体宿舍！”妈妈命令的口气不容置疑，她心里对女儿有深深的担忧，她还在信里发布两个禁令：不能喝酒、不能谈恋爱。

冬天，那个傍晚，小兴安岭脚下清河小镇的路上卷过一阵阵白毛风，风夹着雪没遮没拦，马路上几乎没什么人。我到这里当知青已经好几年，对这里的冷已经习惯了。我顶着风，睁不开眼睛，迈不开腿，走着走着，感觉有点儿木。这时，迎面来了一挂马车，那马身上结了白霜，车老板的帽子上也结了白霜。走近了，那车老板指着我，说着什么。我没听清，愣在那儿。车老板勒了勒缰绳，马慢了下来，几乎停住了，车老板指着我的脸说：“你的脸冻了！”我赶紧用手去摸，他又说：“别用热手摸。”说着，马车带着一团白雾在冰雪路上走了。我于是背着风，倒着走，终于到了屋子里，对着镜子一看，通红的脸颊上白了一块，过了一会儿那白变红了，好了，没事儿了。人家告诉我：如果你当时再冻下去，就冻伤了，一点儿知觉也没有，你这脸上就带花了。

我庆幸在那风雪路上，与那车老板相遇，就在要各奔东西、南辕北辙的瞬间，他对我说了句话。可是，我连那车老板的样子都没看清，只看见他脸上白花花一片，眼睛、眉毛、胡子全是白的。那会儿，俺山里人也不兴说“谢”。

那年11月，我从哈尔滨回清河。从佳木斯附近的香河搭上了车，解放卡车的驾驶室里没有地方了，我就站在货厢里，敞篷的车厢让我有点犹豫，可是，错过了这辆车，不知啥时再能搭上，豁出去了！好在车上还有别人，别人受得了，我也受得了吧。刚开始，觉得还能忍，车开起来，风无遮无拦，几下子就把人吹透了。我从来没有这样冷过，没了抵挡的能力，人凝固了，被冻住了。终于，车到了清河，我好像木了，不会走路了，也不会说话了。

同车的几个人让我就近进了一户人家，慢慢地，终于缓过来了。从此我知道了，人真的会被冻死的。

林场里，职工家属和知青的关系很亲，冬天，有的人家杀猪了，会招呼我们去吃杀猪菜，我们都可高兴了，又解馋，又享受家庭的气氛。一进屋，女主人热乎乎迎上来：上炕，上炕！炕烧得很热，锅里炖着酸菜血肠，我们也搭把手，帮孙婶徐婶干点儿零活儿，扒蒜，捣蒜酱，气氛像过年似的。离开人家的时候，雪花飘来，我们很满足，嘻嘻哈哈回到宿舍，还在回味。寒冬里，这些老职工老家属的关照曾经给了我们那么多温暖。

那年，我在林区的广播站过年。值班的时候，透过结霜的玻璃，能看到秧歌队来了，打头的王敏也曾是广播员，她风华正茂，青春洋溢，腰系大红绸，率领着秧歌队载歌载舞，给人们带来难得的热闹。我的窗台上，堆放着一个个饭盒，里边有肘子肉、黏豆包、饺子、菜，那是广播站的郭站长和同事给我送来的年货，那个年，我是吃百家饭过来的，那么多好吃的，一个正月都吃不完，就放在窗外天然冰箱里。

特克斯草原惊魂 韩菊

新疆之大，不出门还真不知道。

1970 年底，我接到了知识青年上山下乡的通知，只有三天的准备时间，我们就踏上了去农村接受贫下中农再教育的路。

我们在路上走了三天两夜，才到了要去的伊犁哈萨克自治州，没想到，距离目的地还要走大半天的路，才能真正到达我们落户的地方——伊犁哈萨克自治州特克斯县红光牧场。远离家乡的我，第一次感觉到新疆如此之大。

到了红光牧场已经是晚上十点多了。远远地看到星星点点的光亮，走到跟前才发现，是牧民男女老少提着马灯来欢迎我们，更准确地说，他们是在看汽车。

我们听着听不懂的语言，隐约看到了山坡上的马、牛、羊，每个人都不同程度地踩到了软乎乎的牛粪马粪，不时还听到女同学的尖叫声。

这对我们这些十几岁的孩子来说，既陌生，又新奇，还包含着些许的恐惧。

记得干农活半年之后，应该是割麦子的季节，队长交给我一个任务——送文化到哈萨克毡房，我特别高兴地接受了任务，终于不用再辛苦割麦子了。

谁承想更大的困难在等着我。

我原以为会有马车拉着我去，没想到队长拉着一匹马过来，用很生硬的汉话说："这匹马嘛，是走路的马，不是跑路的马，你不会掉下来，很安全。"

我只得自己骑马去了。

第二天一早我就出发。哈萨克毡房相隔都很远，走一天也只能跑三到四个帐篷。每到一个毡房，我就用小黑板写两个汉字教给牧民，比如"中国""人民"，直到他们学会了，我再去下一个毡房。

一路还很顺利，饿了有自己带的馕饼，渴了就喝牧民家的奶茶。

有一次，就在我从第三个毡房出来准备再去下一个毡房的路上，突然，我骑的马惊了，两个前蹄子上扬，马头抬起很高，整个马的身体都竖了起来。

我当时就吓傻了，不知怎么办好，一下子蒙了。

就在我束手无策的时候，只见一把镰刀，“嗖”的一声旋风般地飞了过来。我清晰地看到，一条蛇的头“唰”地飞了起来

紧接着一个哈萨克大叔跑过来，先是拉住我马的缰绳，又快速地将吓傻了的我从马背上扶下来。

这时候，我的双腿已经抖得实在站不住。

哈萨克大叔用结结巴巴的汉语告诉我：今天算你命大，如果马被蛇咬了，很可能就会受惊跳到河里。

听大叔讲我才弄明白，草原上的蛇是旱地蛇，与黄土地的颜色很相近，我骑在马上不走近根本看不见。马过，惊蛇，这条蛇向我的马发起进攻，导致马惊。

旁边就是特克斯河，河水湍急，那我很可能真就没命了。

哈萨克大叔陪我坐了半个多小时，看我差不多缓过神儿来了，才把我又扶上马。他又赶着马车陪我走了很远的路，才让我自己继续往前走。

虽然这件事已经过去几十年了，可不管啥时想起来，哈萨克大叔的形象还是历历在目，那张朴实、憨厚的黑红脸庞，依然很清晰地浮现在我面前。

是他救了我，一辈子感谢他！

黑土地让我放歌　王福生

1973 年一个冬日，我们的知青车出了哈尔滨直奔双城。到了五家公社解放大队，远远就听到唢呐锣鼓声，我看到全村的男女老少列队欢迎，欢天喜地地扭起了东北大秧歌，那场面对我们从未离开过家、从未到过农村的不知天高地厚的城里小青年来说，激动啊！虽然还有点儿想家，但很快被眼前的景象感染，我们就要融入村里的生活了。

接着我们就被热情的贫下中农大爷大妈兄弟姐妹们，纷纷接到了各自的

家里，我打量着陌生的新家，我们的吃住都安排在农民家里，从此，我们就成了他们新的家庭成员了。

难忘在新家吃的第一顿团圆饭。东北的冬天本来没有什么新鲜的蔬菜，只能吃上土豆、大萝卜、大白菜，还有家家户户自己腌渍的酸菜，而生产队为了欢迎我们知识青年，特意杀了一口大肥猪，按家按户都分了猪肉，所以入户第一顿饭，我们吃上了地地道道的东北大菜——猪肉炖粉条子，还有通常在过年的时候才能吃到的黏豆包。当时好满足啊！

东北的冬天，天黑得早，又没有通电，所以到了天黑就只好睡觉，没有任何业余活动。我看到，生产队部里，几个守夜的老农民围着煤油灯，在吧唧吧唧地抽着大旱烟，东家长李家短地唠嗑。

东北的农村，农民家里的生活还是挺苦的，我们住的农户家只有一间房，我们只好分南北大炕来住，知青住一边，农户住一边，中间挂一大帘子，就这条件。每天呼风唤雨、雷鸣之声不绝于耳，几乎是夜夜不寐啊！我从懵懵懂懂中渐渐体味到了人生的艰辛，从多少个无知里慢慢地认识了乡村生活。

冬天，东北的农村就该猫冬了，但当年的农业生产大跃进被我们赶上了，当时的口号是："与天斗，与地斗，与人斗，夺取农业全面大丰收！"村子里那热火朝天的大会战场面真是太壮观了。当时生产队所有的大牲畜要休息，养精蓄锐。怎么往地里送粪呢？由人来拉马车往地里送粪，休牲口不休车，就是马牛可以休，人和车不能休，要大战一百天，夺取冬季大会战的全面胜利。分两个队，一个是知青队，一个是村民队，来展开竞赛。看看哪个队运送的粪肥最多，我们插队的男青年全部来驾辕，女青年在两边儿拉套，后边还有体弱的青年在推着。大家都在飞快地装车、卸车，不知疲倦地拉着大马车飞跑着，一边跑还一边高喊着口号："多拉快跑，人定胜天……"就这样我们拼着命干了一个冬天，可到最后，我们连村民的妇女队都没比过，还有好多知青的小腰板儿为此留下了后遗症。

黑土地激发了我的灵感，我喜欢唱歌，喜欢乐器，当时中阮弹得还不错，经常被县文工团借调去参加文艺演出，也逐渐在青年点小有名声。每当生产队里开大会，我就组织队里的青年先表演上几个小节目，我的歌声也总是飘在田间地头。让我兴奋的是去参加公社、县里组织的文艺汇演，我用自己创作的歌曲参演，知青战友写歌词，我来作曲："金灿灿的稻穗，黄澄澄的玉米，火红的高粱，我们辛勤地劳作在田间，盼望着一年的大丰收，嘹亮欢快的歌声，在田间地头飘荡……"就是这稚嫩的初创，还受到多次奖励，我想，这是在鼓励我更多地唱出农民的心声。

从电台大院到梅均塆　柳小平

我的孩提时代是在电台大院度过的。当年，父亲是新华社记者，跟随刘邓大军南下，解放武汉后他留下来参加了广播电台的接管，随后他一生都在

这里生活工作。

记忆中，武汉夏天的夜晚总是那样炎热。20 世纪 60 年代初，没有空调电扇，大家都搬出竹床、靠椅，在电台院子里乘凉。

这时不知是哪户人家的半导体收音机，传出来的声音格外清晰。

——频道调在湖北人民广播电台，一个女播音员每晚半小时连续播送长篇小说《红岩》。

每每我都听得入了神。江姐、许云峰、双枪老太婆、华子良、小萝卜头……这些人物在她的声音里惟妙惟肖。

躺在竹床上，望着满天繁星，我想，男女老少，好人坏人，这个阿姨说谁，就像谁，真厉害！

她长的会是什么样子呢？

那时的电台保卫不严格，孩子可以在院子里随意溜达。一天，我无意中闯入了播音室，这里，一位女播音员正在录制《红岩》。

那一刻我惊呆了！原来是她——我的邻居胡阿姨，是她播的《红岩》！

我趴在播音室的玻璃窗外，久久凝望着胡阿姨，听着她圆润的声音，心中满是仰慕。

“我长大了就要像她这样当播音员！”

理想的种子也许就在这一刻种下！

虽然仰慕之情势不可挡，可惜我一口楚腔汉调，也不知道怎么样才能当上播音员。

没人知道我的心思。

“文革”，学校停课了，收音机里除了新闻、社论，天天都是八个样板戏，戏里人物唱腔台词我全都听会了。

谁都不知道，我在一直偷偷学习普通话。

1968 年底，上山下乡的浪潮把我卷到鄂南的广济县梅均公社梅均塆当了下乡知青。

当年我们都是十六七岁的孩子，每年一季麦、双季稻的农活儿就不说了，光打理自己的生活都难。农民再穷有个家啊，我们的家呢？我们的衣食住行没有着落——喝的每一口水，都是自己从井里挑回来的；吃的每一口粮食，都是自己从地里收获的；烧的每一根柴火，都是自己从山上砍的；菜，是自己种的；衣被，是自己拿到池塘边的石板上洗的。

我们是冬天到农村的，生产队没有现成的房子，就让我们四个女孩住在原来的牛棚里。刚到的第一天，牛棚来不及整理，不能遮风避寒，晚上我们睡在铺着稻草的竹床上。雪花飘进了牛棚，飘落在我脸上、被子上，很快就融化了。飘落在桌子上的雪花，覆盖了我们放在上面的手套。第二天，生产队派人上了房梁重铺了瓦，窗户钉上了塑料薄膜。但我们的被子一个冬天都没干。

夏天的时候，烈日炎炎，大地像着了火。为了躲避太阳，队长就半夜一两点叫我们起床干活，天亮后热了，就回去睡觉。

农忙，我们在生产队劳动，插秧、割麦、双抢，整天“黑汗如水流”！南方的水稻田里好多蚂蟥，插完秧上田埂，小腿上能被蚂蟥爬满。

用两头尖的冲担挑谷子去稻场晾晒，途中是不能停歇的，因为谷穗头朝下，放下冲担就会散一地。一路挑起，累得耳朵嗡嗡叫，听什么声音都不真实了。

当时被“广阔天地大有作为”的信念鼓舞着，我不觉得苦，现在想起来，知青的生活实在是太苦了。比起当地的农民我们过得更苦！苦得没个头！

这时候我发现自己得了夜盲症，大地一片灰白，走夜路分辨不出高低来，深一脚浅一脚，身上摔得青一块紫一块的。

母亲一直不放心，有个夏天她从武汉到生产队来看我，她的人造革手提包里带来一斤我喜欢吃的奶油球水果糖。我兴致勃勃地要拿出来时，却发现奶油球全部化成了糖浆，和糖纸一起粘在包里，拿不出来了。当时我和母亲的眼圈都红了。

当地农民觉得知青们的日子过得不容易，经常有人给我们送上一把菜，挑上一担水。

有人跟我们唠叨，这些娇儿（方言姐儿，即女孩）在城里哪受过这罪啊，马上就有队里的干部警告说，这是阶级斗争新动向，千万要记住毛主席的教导，要扎根农村一辈子。

我们拼命点头。

青春激荡六盘山　董传亮

1974 年，在那个激情的年代，我高中毕业了。

一个晴朗的早晨，我们七名同学从兰州向插队的目的地——甘肃庆阳地区合水县固城公社进发了。

那里是原陕甘宁边区，革命老区，我们怀揣一颗红心，激情万丈。

当时去庆阳要坐两天车，当汽车爬上著名的六盘山顶，突然映出七个石头铺成的大字——“不到长城非好汉”，在早晨的阳光下十分耀眼。

我们的心被震撼了，齐声喊：“停车！停车！”

站在六盘山顶，仰望着七个大字，我们心潮澎湃，激情万分。七个 18 岁的热血青年在这里宣誓：响应毛主席的号召，到农村去接受贫下中农再教育，不做出成绩誓不回城！

下午，我们到达了合水县城。没想到一进县城，锣鼓喧天，热闹非凡，路两边站满了人，夹道欢迎我们。场面之壮观，气氛之热烈，让我们个个被感动得热泪盈眶。毛主席“知识青年到农村去”的指示发表以后，我们是合水县迎来的第一批插队知识青年，当地格外重视。

激情的岁月有许多激情的感动，只有用一些“大词”才能表达，我们这一代人经历得太多了，这才仅仅是个开始。

第二天，我们被簇拥着来到了目的地——固城公社董家寺大队，路边上、崖畔上、院子里都站满了社员，像过盛大节日一样。生产队专门为我们杀了一只羊做了羊肉泡馍，这是我平生吃到的最香的饭。

生产队胡队长说，粮仓里的粮食你们随便吃，没有了就去拿，生产队有菜园子，想吃菜就去摘。

温暖啊！我们找到了回家的感觉。我们插队的两年都是这样的待遇。

第一天的农活是收割庄稼，我们谁也没有用过镰刀，不到10分钟，一位女生就把手割了一个大口子，血流不止。一位社员跑过来，把自己八成新的衣服撕掉一块，给那位女生包扎，一股暖流顿时涌上我们的心头，好像亲眼看到了战争年代老百姓给伤员包扎伤口！

我们住的小院充满欢乐和温暖，每天晚上都有社员来我们这里，聊天，唱歌，唱秦腔，讲故事，讲当年老区的故事，教我们做饭做菜，时常带些好吃的给我们。队长也几乎天天来看望大家，问我们有什么需要，生活习惯不，身体怎么样。

我们深深地感受到革命老区的老乡们是多么热情、质朴、厚道，他们的真心让我们这些知青感动不已。

我们是来接受再教育的，除了接受再教育以外，还应该为老乡们做点什么，这是发自内心的。

两年中我们为老乡做了三件事：

一是七个人全上阵办起了扫盲班，让不少人脱了盲。

二是办了百口猪场。当时本地的猪品种不好，长得小且育肥慢。我们采用每天喂猪吃八顿的新育肥法，生产队有几头养了两年的猪，我们三个月就给育肥销售了，这给了我们鼓舞。虽然每三小时喂一次猪很辛苦，但我们很兴奋，有了更大胆的想法——改变当地的猪种。

我找到了县商业局长，希望县种猪场能支持我们。商业局长欣然答应，马上给种猪场打电话，给了我们十几头乌克兰小种猪，当时那个高兴啊！

我们带着十几头小种猪回到了生产队，队长就像见到了宝贝，看啊看，摸啊摸，在广播喇叭里向全队社员宣布了这个好消息，大家都赶到队部去看。

就这样，修建百口猪场的计划从第二天就开始实施了。不到一年，我们连讨带买带产，实现了百口猪场的目标，远近十几里的村民都赶着猪来配种，天天有人来买小猪。后来这个百口猪场存在了十几年，改变了当地的猪种。

三是给村民们讲故事。讲雷锋的故事，讲王杰的故事，讲战争年代的故事，讲历史故事。先是从田间地头开始讲，后来讲到了全公社，讲到了全合水县，甚至讲到了庆阳地区。

这下名出大了，我们被甘肃省评为“先进知识青年点”，全省开知识青年先进代表大会，我作为“点长”去参加会议。

会议期间，省电台让我去台里录了一个讲话录音，介绍我们点的事迹。

不承想，就是这个讲话录音使我离开了农村。

开完会回到知青点只20天，我就接到了去省电台学习的通知。没想到这一学习就改变了我人生的轨迹。

我参加的是“工农兵通讯员学习班”，一个月学习结束了，又通知我去甘肃省电台播音组学习。

我不去，村里还有那么多伙伴等着我呢。

领导给我做思想工作：你讲革命故事，学学播音可以提高表达水平啊。

就这样，我到了省台播音组学习。

又过了一段时间，台领导拿着省委组织部的调令找到我说，调你到电台当播音员，这是调令，赶快回去办手续吧。

我一下慌了，说：“我不去，我不愿意到电台工作，我和同学们约定，扎根农村干革命。现在正是关键时期，我不能扔下同学不管，不能背叛他们，当逃兵。”

领导讲了很多劝说的话，后来实在没辙了，就说，你在农村扎根是你一个人的事，最多只能影响一个生产队，但如果你是一个播音员，你每天都在宣传毛主席的指示，宣传党的方针政策，宣传人民群众的先进事迹，有千百万人在听你广播，这个任务多重要啊！你要好好考虑，哪个更重要！

这才算是说服了我，我不情愿地带着调令回去办手续了。

回到知青点上，我什么都不敢说，总觉得自己背叛了同学。在点上整整住了一个月，拖着不去办调动。

后来在台里的一再催促下，这才去办了手续。走之前，我把所有东西都送给了社员，只剩下自己身上穿的衣服。跟同学们匆匆告别，趁着晚上悄悄地离开了。

去县城要走二十多里山路，一路上，我的心里不知是什么滋味，觉得自己对不起大家，是逃兵。

从走出董家寺大队那天起，到现在40年了，我再也没有回去过，也没

董传亮在知青点

敢再跟点上的同学联系，想想是不厚道啊！

40 年来，我每每回忆起插队的那一件件事，那一张张可亲的面容，心里总是不能平静。20 世纪 70 年代的革命老区人民教会了我为别人做点什么，学会感恩！我感谢他们，在我十八九岁形成人生观的关键时期，给了我最好的教育。

这就是我的插队经历，这经历也许与很多人不同，我受到的是关心、关爱，感受到的是温暖、阳光，这温暖和阳光伴随了我一生！

我曾是兵团战士

从北京到北大荒 王征

北京，六九届全下乡，七〇届全留京。我本该是七〇届，小学四年级，由于太闹，学习又好，“被跳级”到六九届。

这一跳，跳进了知青的洪流。

那时候，一家只许留一个孩子，我是家里老大，必走。

那时我刚满15岁。我家和杨叔家都是独门独院，杨叔给了我家太多的帮助。要走了，杨叔问奶奶：“舍得孙子走吗？”奶奶说：“儿子媳妇都没留住，孙子去干革命，我不留他，让他去吧。”

我家离学校很近，不到300米，欢送会的高音喇叭听得清清楚楚。我没去开会，能陪奶奶一会儿是一会儿。

听到通知准备上车，我知道该走了。奶奶指着桌上叔叔阿姨们送的水果和点心说：“带上吧。”

我说：“不，留家吧。”

奶奶拿起一个最大的苹果放到我的手里，含笑送我走出家门。

哪想到我正在排队上车，杨叔跑来说：“你奶奶哭得不行。”

我又飞快跑回家，奶奶见我回来，忙止住哭：“孩子，我没事，快走吧，别误了车，记着给奶奶来信。”

我回到校门口，车正一辆一辆开出。看见我们班那辆车，我招手让停车，车上的同学也喊“快停，快停”，可司机竟然不停车。后来才知道，司机有命令，沿途绝不许停车开门。

杨叔推来自行车，驮上我直奔永定门火车站。

整个车站红旗招展，锣鼓喧天，家长们紧紧聚在车窗前，紧紧拉着孩子的手不放。我没人送，独自站在早已上锁的车门后。

列车开动了，顿时一片哭声。真的一辈子回不来了吗？脑海中一闪而过。不，绝不会，我一定会回来！

我没有流一滴眼泪，那时的感觉就像是又一次在学校去“学农”。

“抽支烟吧。”我回头一看，是班主任何老师，我最不喜欢的老师，学农时曾抓住我抽烟，没收了。

我接过烟点上，何老师说：“你们这么小，就要独立生活了，以后要互相帮助。”

说着，拿出两盒“大前门”烟放进我的口袋：“少抽，对身体不好。”

见我不说话，他沉默了一会说：“我只能送你们到丰台。”何老师转身离去，我看见，他的眼睛里含着泪花。

离开北京那一天是 1969 年 9 月 25 日。

27 号傍晚，在黑龙江拉哈车站下车，步行十几里，坐船过江，到达团部。各营、连的马车、拖拉机、汽车来接，我们分到 18 连。那夜里到达连队，昏天黑地，晕头转向，进了知青宿舍，和衣就睡。

28 号，先来的上海知青找我们用毛主席像章换面包和水果，我们也没闹明白他们为什么这么热情。

29 号，一个上海知青抢别人吃的，我们三个北京知青与十几个上海知青打了第一架，这才明白，他们为什么用像章找我们换食物，我们知道了什么叫“饿”。

10 月 1 日，每人到仓库领了一把旧式镰刀，下田收水稻。不到中午，我们血淋淋的手和脚，就把连队卫生员的胶布全用完了。

连队每人每天都有劳动定额，我们刚来，累死也干不完。那些日子，女生想家，夜夜哭，经常是一人哭，几人劝，最后大家一起哭。

我和刘凡站在路边，遥望北京，别无选择，生存下去才有未来。刘凡出身书香世家，带着一箱数理化下乡，从此，我们一边劳动，一边自学，开始了我们的知青生活。

1972 年春，父亲和一批干部被保护，总理批示，家属随迁。母亲拿着公函，从师到团——营——连为我办理了调令。

我那时还在山上，一日收工后，我被叫进了指挥部，满桌杯盘狼藉，那个被知青称为魔鬼的团首长冲我大吼：“千百万知青扎根边疆，防修反修，只有你是一个可耻的逃兵。”随后，破口大骂。

第二天，连长给我送来调令，并亲自送我到山下车站，只说了一句话：“走吧，回家吧，我这还有一百多知青呢。”

那次从山上下来，我在齐齐哈尔买了一箱酒，回到连里与大家告别。众人无话，只是喝酒。很多人醉了，我哭了，在心里一遍遍说，对不起，我必须走。

多年后他们说，我的回城，彻底摧毁了他们的信念，连里再也没有人提起过我，就像我从来没有存在过一样。

第二天，刘凡开着拖拉机把我送到拉哈车站，一句“北京见”，挥手道别。

博斯腾湖的记忆　周环

1969 年 1 月初，我还不满 17 岁，就和一帮“老三届”学生，来到位于博斯腾湖附近的新疆兵团 24 团 3 连。

欢迎会后，给我们分进各个班排。每个人发了一把坎土曼，嘱咐我们，坎土曼以后就归自己管了。

我拎着坎土曼左看右看，样子像内地的锄头，但锄面有铲子那么宽。我想，维吾尔人咋这么聪明，发明的这坎土曼兼具了锄头和铲子的功能。脑子里突然跳出学马列著作的一个名词：“生产工具”。

哈，我们就是“生产者”啦。

兵团农场的职工都拿工资，称呼叫“农工”。我们第一年的工资是 12 块 5 毛钱，但发到手里的只有四五元，另外 8 元钱用粮菜票冲抵。因农场困难，

周环在连队演样板戏《沙家浜》的《智斗》——
“他们到底是姓蒋还是姓汪？”

这几块钱常常会延期发放。第二年以后，工资涨到 17 元。

刚到的那天，为了欢迎我们这些学生，吃的是白面馍（馒头）。

后来才知道，连队里是每一两个星期吃一次白面馍，每个月吃一次大米饭，逢年过节杀一次猪羊，能吃顿肉。

那时候饿啊，我这个女娃每顿要吃两个苞谷馍，也就是 8 两啊！男生每顿吃三个四个的，不新鲜。

每天出工午饭时，很多人不带饭碗，就把坎土曼浸在渠水里洗一洗，那个凹度刚好像个盘子，舀进西葫芦菜汤，再撅几根树枝当筷子，稀里哗啦吃个精光。我们学生后来也学会用坎土曼当盘子吃饭了。

最高兴的是夏天分西瓜，我们挑个筐到西瓜地里，用地磅称，每个人能分一二百公斤西瓜。运回宿舍后，往床底下一滚一堆，床底下就成了储藏间。那是最甜美的日子。

我们的宿舍是 3 人一间。所谓宿舍，就是用土坯垒成的土屋，屋顶是木梁，上铺苇席油毡，抹上泥。墙壁也不刷白。屋里的地面，就是原本的土地。一到春天盐碱地返浆时，宿舍里又阴又潮，地面也变软，凹凸不平。

这，可是连队里最好的房子了。

很多农工住的是窑洞，用苇篾子捆扎而成。成家的人，可以每家分到一孔这样的窑洞。

还有一种“地窝子”，很像原始人的穴居，冬暖夏凉。第一代开发新疆的兵团人，住的都是地窝子。

我们的床，是用芦苇捆扎成两米长的苇把子，然后用坚硬的红柳枝条扦子，把十几个苇把子穿到一起（类似南方的竹排），这就是“床铺”。在地上打进两排树桩，就是床架。经常有人睡到半夜，苇把子床铺软乎乎地塌了下去。

有两次，我都是睡梦中忽然身体下沉。第一次给吓醒了，第二次迷迷糊糊中，我索性把整个苇把子铺拉到地上，继续睡。早晨起来，再换上新的苇子捆绑做床。

记忆中最可怕的，还不是塌床，而是臭虫和蚊子。

人说，新疆的蚊子能吃死人，一点不假。而那臭虫，真可以用“恐怖”来形容。

每天睡觉前，我都要先检查墙壁，按死所有能看到的臭虫，才能躺下。每夜，必定被吸饱血的臭虫给咬醒两三次。就马上打亮手电筒，只见蚊帐上、墙壁上，几十上百只臭虫，见光后齐刷刷地往上爬。我手疾眼快地迅速去按圆鼓鼓的臭虫，一按一道紫红的血印，一般都能消灭几十只。

有时实在太困，我就由着臭虫咬，心想，吸饱了血，这一拨臭虫就不闹腾了。

农工们把蚊子臭虫戏称为天上的“飞机”，地上的“坦克”。因为臭虫猖獗成灾，影响睡眠，全连总动员，利用休息日来了个歼灭战，所有房子都用农药烟熏，总算暂时缓和了臭虫一害。

天上的“飞机”，当然还是照飞不误。

我们团是盐碱地，春天返浆时，地下的盐浆把表面的冻土拱得如波浪起伏，人踩在上面颤乎乎的，汽车拖拉机开上去，很容易陷住。

到了夏天，这些盐碱软土变成细细的盐碱粉尘，一脚蹚过去，粉尘能没过脚脖子，喷得满裤脚都是土。拖拉机开过去，就是一路黄尘烟，呛得人喘不过气来。

每天出工，我们扛着坎土曼，都要走在这条暴土狼烟的大路上，不管冬夏，头上必须蒙上白纱布，既防蚊子，又防土。

那时候，我最大的愿望就是：

啥时候，我能睡在一张木板搭成的床上，能不挨臭虫咬啊？！

啥时候，我们连队能有条石子路，上工路上不暴灰？

最难忘的是第一次割麦子。

南疆的六七月，白天气温至少在三十五六摄氏度，所以割麦期间，每天早晨四点多就起床，走到地里五点钟，趁太阳没升高，赶快收割。

男生每人是1亩2分地的任务量，照顾女生，好像是1亩1分地。每人一垄，约半个条田长。

老农工都是左手一搂一大把麦子，右手持镰哗哗几下，割下来基本上就够一捆了。一会就跑我前面十几米。

我哪有那个手脚，只能几撮几撮地割。还不会打麦捆，一捆老散。

有经验的老农工到早上八九点钟，就完成任务回家了。慢点的人到十一点，也都割完走了。

望着前面近百米，只有我那垄麦子还高高地站在那。

我想站起身，腰却酸得怎么也直不起来。干脆，就半蹲半跪地割吧。

头上背上也不出汗了，就觉得胸闷口干，好像心里在往外“滋油”。后来我看书上描写说，人给晒得“冒油”，中医说“伤失津液”，就是我当时的感觉。

我趴在麦捆上，真恨不得死过去，死过去啥也不知道，就轻松了。

但我是来“接受再教育”的，得鼓起革命的勇气，起码定额得干完啊！

后来的几十米，我几乎是趴着，爬着，一撮撮地割下来。

割完最后的几米，我摇摇晃晃走到大渠边，喝了几口渠水，就倒在大树下。

直到五点多钟，有位骑车的老农工经过，看我通红发烧的样子，用自行车把我驮回连队。我一直记着这位好心人。

第二天，我起不来了。第三天，我照样出工。

当农工的第二年，我们团里引进水稻，用水田来压盐碱。插秧、灌水、收割、晾晒、脱粒，我统统干过。

记忆最深的是稻谷脱粒，用当时最先进的机器“康拜因”。

男工负责把稻捆挑进来，女工的任务是用杈子把一捆捆的稻谷往康拜因

的“大嘴巴”里送，还算个轻活。

只要机器一开动，谷壳稻灰扑面而来，呛得喘不过气来。所以天再热，我们都得穿长衣长裤，把袖口裤管扎紧，戴上口罩，再用白纱布把头部紧紧包住，只露出一双眼睛。

上白班时，太阳晒得人浑身刺痒，也没有办法挠。工间休息时，晒场上没有树，我们就钻到牛车下面躲太阳。

晚班是从晚上十点到早八点，夜里两点吃一次夜班饭。饭后休息半小时，我们每个人在稻捆垛上刨个坑，钻进去。再用纱布在脸上支起一个“小蚊帐”，抓紧睡觉。

每天下班互相一看，那是真正的灰头土脸。再懒的人，也得从头洗到脚。

冬天，我们连近百人的队伍拉到博斯腾湖湖边去割苇子。

第一天，先割苇子，扎苇把子，各班给自己支起一个个三角形的窝棚，里面铺上很厚的芦苇当垫子，铺上被褥，就是宿舍。

第二天开始干活。男工到冰上割苇子，运苇子。女工则坐在露天地上，把芦苇破成苇篾子，打成捆。

怎么破呢？每人发一个有四孔的铁制破篾器，将苇子一点一点地送入，拉出来就成为四片苇篾子。

那时已顾不上什么好看难看，所有能取暖的衣物都套到身上头上。每个人手上都有多次被篾子划伤出血的痕迹。

最难受的，是早上起床。

夜间零下20摄氏度的湖畔，没有任何取暖设施，每个苇棚睡四五个人，整夜就靠被窝挤被窝“抱团取暖”。每个人都蒙头而睡，被面上是一层冰霜，早晨谁也不想钻出被窝。

刚开始大家还天天洗漱，后来冻得受不了，索性不洗了。

现在我想起那种冷，还会不寒而栗。“傻小子睡凉炕，全凭火力壮”，当年我是怎么过来的？我还能再经受得住那样的“考验”吗？

整整一个月，我们班师回连。过年。

那时，我们就是一个念头——改造思想，“广阔天地练红心”。

40 年后同学们在微信群里聊起周环在新疆兵团的经历，引起了曾在内蒙兵团的侯玉茹和新疆插队的韩菊强烈的共鸣——

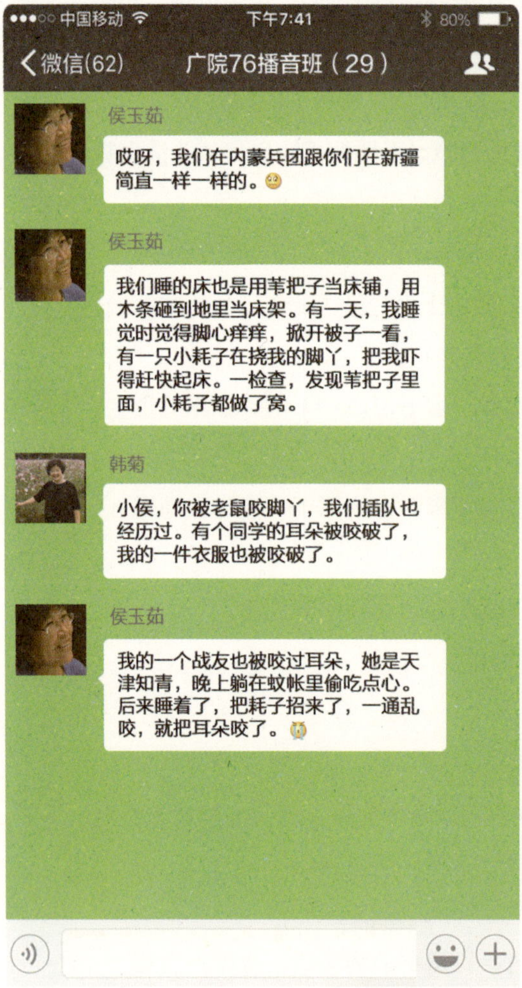

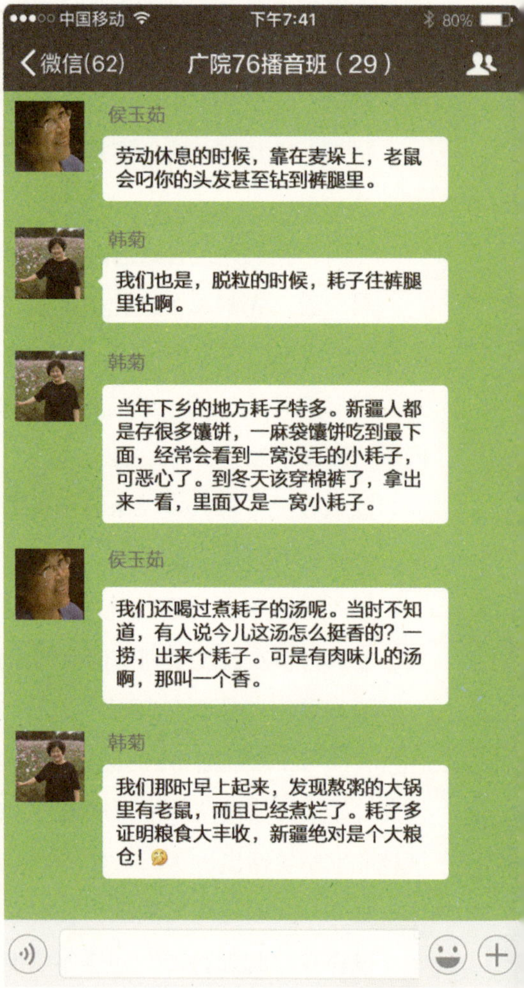

兵团战士也是“兵”　侯玉茹

从小就做着一个梦，梦想着有一天穿上军装，当上一名飒爽英姿的女兵。可是到了我毕业的那一年，没有征兵的任务，随之而来的是北京军区内蒙古生产建设兵团来学校招人。

当不了兵，我就报名参加了当时称为“解放军序列”的内蒙建设兵团，当上了一名兵团战士。

1969 年我 16 岁，离开了北京，到了内蒙古巴彦淖尔盟乌拉特前旗，我们早出操，晚点名，白天干农活，过上了亦军亦农的生活。

平平淡淡，快快乐乐的。然而到了 1973 年连队的现役干部纷纷转业离开了连队，连队的连长、指导员陆续换成当地农场的人担任。

我们也不像个兵了，我就动了离开兵团的念头。

我来自高原

青春与青海 刘凤英

对北京人来说，青海很远，对我来说，青海离我的青春很近。1964 年，中央人民广播电台在北京为部分省电台代招播音员，三名应届高中毕业生被录取，分配到了青海省电台工作，其中一个就是我。

至今我还清楚地记得第一次远离家门坐火车的情景。

1964 年 9 月 24 日，我们坐上了通往青海省会西宁的火车。整整两天两夜的行程，一路上我们丝毫没有睡意，不是不想睡，而是睡不着。无论白天还是夜晚，火车每到一站，我们仨都要下车在站台上看一看。

正像作家贺敬之的诗中所写的那样：

在九曲黄河的上游，
在西去列车的窗口
是大西北一个平静的夏夜，
是高原上月在中天的时候。
一站站灯火扑来像流萤飞走，
一重重山岭闪过似浪涛奔流
…………

就在这不成眠的夜晚，我们不知是激动，还是留恋家乡北京，带着这复杂的心情，我们听了很久，看了很久，也想了很久。

青海省会西宁海拔 2300 米，气候条件非常恶劣，常年雨水少，风沙满天。夏天无论大人还是小孩，都需要穿长衣、长裤，有时还需要穿两件衣服。

休息日从街上回家，鞋上裤脚上到处都是厚厚的一层黄土。遇上起风，漫天的黄沙刮得人睁不开眼，只能背对风沙暂时停下脚步。

那时我们住的宿舍离公共厕所很近，当年的厕所是旱厕，没有冲水马桶。一个夏天的早上我刚出门，突然看见有好几条白色的虫子，也许是蛆吧，在门口爬着，由于有门挡着，虫子爬不进屋。当时吓得我大声尖叫，将屋里的人都喊了出来。事后同志们还开玩笑说，是虫子们在给我们站岗呢！

在当时那种条件下，我们并不觉得苦，每天都跟着前辈播音员学习业务知识，并且很快都能适应本职工作。就这样，在青海一干就是 25 年。

去远方 李小梅

时下网络流行语：远方有多远？我要去看看。

1972年高中毕业，因为哥哥当兵，我属于家中唯一的孩子。按政策可以不下乡，但是我拿着户口本走了，为了去“广阔天地”。1974年，长春电视台（现吉林省电视台）从知青中挑选电视播音员，我被选中。

1975年，西藏电视台开始组建，全国各广播系统大力传达此消息，鼓励大家报名。没人动员我，我没有和任何人商议，在第一时间写了进藏申请——现在回想起来，那一瞬间或许是冲动。但我想，在当时不会有什么人可以改变我要去西藏的意愿，因为，西藏在我的想象中一直是个天高地远的神秘地方，我要去看看。

我没有征求父母的意见。母亲知道后已经生米煮成熟饭——我的申请一交出，当时的广电总局就以飞一样的速度批准了。母亲哭了。现在回想，我可能真的是个“熊孩子”。

广电总局热情地支持我这样的自愿报名者，所以进藏的路比起出藏的路真是“一片坦途”。长春——北京——兰州——拉萨，大约用了一个月时间，抵达了拉萨，住进了西藏人民广播电台大院儿里的一间小宿舍，成了拉萨人。

藏装小梅

放下行囊，我立马就去了八廓街，东遛西看，然后就钻进了“甜茶馆”——那真是天大的笑话啊——当年，西藏的甜茶馆是没有女人进入的。或许那时的藏汉关系没有后来那么紧张，也或许因为我太年轻、太突兀，总而言之，满屋的藏族男人看着我，随之善意地笑了，我堂而皇之地喝完了茶。

当年的拉萨，不是现在旅游者要去“看看”并“安放灵魂”的拉萨。那是一个安静无比的地方，下午街头基本就不见行人了。老拉萨人都记得，当年只要来了新人，在街上你马上就会被认出是新面孔（汉族）。

除了在八廓街有一些买卖尼泊尔货品的小商铺，拉萨只有一家小小的国营百货商店，一个小小的书店，一个比现代人自家浴室大不了多少的公共浴堂。我们吃的青菜全部要靠自己种，冬季基本就看不到绿色了。有人从内地回来，送给你一只柑橘，都是稀罕珍贵的礼物。

电台就在布达拉宫山脚下，夜晚仰头，可见挂在布宫上空的明月，漫天的星星似乎触手可及。记得我还参观了布达拉宫——没有过卖门票历史的原始布达拉宫。

当年的西藏电视台无人，无设备。除了我们五名来自各省台的自愿报名者，还有就是中央台淘汰的一部电视转播车。当年建发射台，埋设电缆，都是我们自己抡大镐刨沟，在海拔三千多米的缺氧状态下完成的。

父母在 也远游　焦津胜

我出生在一个“革命军人”家庭，从小父母就教育我要听党的话跟党走。上小学五年级时，因为写了篇《为革命而学》的作文，我被选为“贫下中农管学委员会”学生委员，后来又当上学校红卫小兵兵团“司令”，现在想起这些称谓，都会觉得可笑。

当年自己的嗓音不错，时常上台演唱样板戏、领唱革命歌曲，作为学校毛泽东思想宣传队的成员，每当毛主席发出最新指示，我都要上街宣传一番。

1974 年，我在北京顺义城关中学上高一。一天，西藏广播电台来学校招播音员，老师推荐我去应考，考试内容是读报和唱歌，这对有过登台表演经历的我来说，不算难事。

果然，初试、复试顺利通过。我和县里其他学校的学生一共 7 人，被西藏人民广播电台选中录用。

“你真的要去西藏？那可是个高寒缺氧、生活艰苦的地方，其他六人都来自农村，只有你是城市户口，你可要想清楚啊！”

一些老师、同学好心地提醒、劝阻我。

在征求家人意见时，奶奶哭了，她虽然不识字，但知道北京最好，西藏太远。父母则沉默了几天，才对我说，尊重我自己的意见。

多年后，我才知道，他们其实并不那么“革命”，也有自己的“盘算",觉得孩子去西藏工作，至少可以躲避上山下乡，不用去插队。

当时党号召“到边疆去，到祖国最需要的地方去”，因此，长期担任学生干部的我没有丝毫犹豫，就决定进藏。我想：既然自己被边疆广播电台选中，怎么能不响应党的号召呢？况且广播电台对自己来说，又是那么神秘。

临行前，我在学校的欢送会上还做了发言，批判了“孔老二”“父母在不远游”的腐朽思想，表示了服从组织需要、为边疆贡献青春的坚定决心。

出发前的那天晚上，父母把能了解到和想到的，都准备了，从高压锅、电炉子、棉衣、棉被、皮手套，到牙膏、牙刷、常用药品，塞满了我的旅行包和大箱子。

车站送别，无意间发现父亲的泪眼，那是我从未见过的。

此时，对自己的决定，我有过片刻犹疑，心头闪过一丝悲凉，但很快，就被一股“好男儿志在四方”的豪情冲散。

那一年的10月，17岁的我作别家人和同学，踏上了进藏之路。

我来自田野

土生土长，高门大嗓 唐丽珍

我是土生土长的农村人，农村的孩子不知道什么是朗诵，只知道高门大嗓、声音洪亮就好，我就属于这种情况。

也许是这种原因，在学校“革命文艺宣传队”我是报幕员，运动会上我是广播员。

1972 年中学毕业，我回村当上了一名大队广播员，我利用广播宣传中央文件精神，播报大批判稿，广播村里的好人好事，把村广播办得有声有色，也被当作经验推广到全公社各大队。在这一年我也光荣加入了中国共产党。

唐丽珍

扯块化肥袋我铺地就睡 肖泽红

1974年6月，我从湖南湘潭高中毕业后，再无书可读了。

心情非常压抑。郁闷地回到生我养我的那片土地，从事农业生产劳动。每天面朝黄土背朝天，从挖土、挑粪，到插秧、扮禾，真正体会了“锄禾日当午，粒粒皆辛苦”的滋味。

家里五姊妹，我是老三，姐姐和哥哥小学毕业后，就辍学回家务农，挣工分养家。

在那个计划经济的年代，农村实行大集体生产，俗称吃“大锅饭”，劳动生产率非常低，一年劳作到头，分配的口粮还不够吃。

最辛苦最难熬的是每年七月中旬到八月上旬，抢收早稻、抢插晚稻的季节。南方的夏天酷暑难耐，水田里的水晒得烫脚，太阳晒在身上火辣辣的。

收稻子只有脚踏式打稻机，非常消耗体力，全天劳作，衣服全湿透了。中午收工回到家中，没有电，更没有电扇，吃了饭后扯一块化肥包装袋铺在地上就睡，以恢复体力，下午再干。

那时天天在想，这日子啥年月是个头啊。

我曾是工人

“大干 100 天，以实际行动支援世界革命”　邱志军

大山，还是大山。

1969 年 3 月，我坐在工厂接新学员的汽车上，心中充满了对工厂、对工作的好奇和憧憬。汽车出了延庆县城不久，就进入了重重大山中，一路盘山道曲折惊险。

工厂从外表看就是普通的山，其实每座山都被掏空，有十几个车间，分别建在各个山洞中。进去后里面灯火通明，机声隆隆，一派嘈杂繁忙景象。

960 厂隶属国防科工委，是军工企业，生产 7.62 毫米口径的半自动步枪。工厂位于北京市延庆县与河北省交界处——后城。当时出于战备需要，这种大中型军工厂一般都建在深山中，建厂原则是“靠山、隐蔽、分散”，被称作“小三线”，“大三线”则指建在我国大西南地区的大型军工单位。

后来才知道，进这种单位工作，“政审”相当严格。

进厂后，我被分配到机修车间当学徒。当时工厂管理非常严格，每个车间的工人只能凭出入证进出自己的车间，绝不能进其他车间。而我这一工种负责修理全厂机械设备，给我提供了可以进出各个车间的机会。

当学徒对于刚走上社会的学生来说，是新奇的，也是辛苦的，什么重活、脏活都要抢着干。要想多学东西，就要多干、多问、多实践，要虚心，要用心，绝不能偷懒。

记得在我学徒的第三年，工厂提出大会战口号：

“大干 100 天，产量翻一番，以实际行动支援世界革命。”

于是全厂加班加点，三班倒，歇人不歇设备，因此设备故障率显著增加，维修工作量极大。这次大会战也给我提供了大量实践的机会，我的维修技术

水平有了很大提高。

当时学徒工的月工资第一年16元，第二年18元，第三年21元。现在听起来简直低得不可想象，可在20世纪六七十年代，如果不是太“奢侈”的话，养活自己一点都没问题。那时物价便宜，一个素菜5分钱，一个鸡蛋8分钱，一个熘肉片2毛5分钱，红烧肉3毛钱。

记得我第一次领到工资，除了换够当月用的饭票，就所剩无几了。那时整天都穿工厂发的工作服，除了买些学习用书和生活必需品外，基本上没什么花销，自给自足虽然没有问题，但也没有给家里的钱了。直到第二年涨工资了，才给家里买了一个当时的新潮物件——电子挂钟。

由于工厂离北京较远，不能每周休息，而是每月连续工作25天，集中休息4天，外加1天往返的路程假。

我们工厂休假也很有特点，几十辆进口的墨绿色斯柯达克拉莎超大型豪华轿车一路行来，威风凛凛浩浩荡荡，形成了一道令人羡慕的风景线，不知道的还以为是哪个国家代表团来了呢。

由于我的左眼视力超常，曾被借调到总装车间担任校枪员，这个工作也很有意思，每支枪出厂前都要经过严格校对，对其精准度要求很高，光凭仪器还不行，需要人工实际校验。这一经历使我在广院“学军”时占了便宜，最后射击打靶时我的成绩在全校名列前茅。

在工厂工作7年多的时间里，有苦，有累，有欢乐，有收获，可供回忆的东西太多太多了。

前几年可能是出于怀旧心理吧，我去了一趟工厂旧址，曾经“为支援世界革命大干快上”，曾经热火朝天、机器轰鸣的昔日工厂，早已不见了，留下的是被拆掉的厂房，填充的山洞……工厂早已停产关闭。随着国际形势变化和社会的发展，这类军工企业由于生产产品、地理位置、生产运输成本等原因退出了历史舞台。

所以我在开头说的工厂位置、产品等，也就不算泄密啦！

机床边的三班倒　关蕾

1970年，已经从精神上、物质上都准备好上山下乡的我，忽然走了狗屎运。

由于“文革”开始5年来，一直没有招工，北京市各工厂人力告急！突然得到通知，七〇届初中毕业生全部进工厂。

耶！

本来呢，看着前几届毕业生，不是插队，就是兵团，我估计自己也是这个路数。此时，爸爸的老战友来招兵，老爸却对人家说：我家男孩儿可以当，女孩儿不当兵。

不让我去。哼！后来才知道，老爸心疼闺女，不想让我走远，要让我留在身边。

在那个“工人阶级领导一切”的年代，能走进工人阶级的队伍，实在是太幸运了！我光荣地成为北京市机械局所属第二通用机械厂的小车工。

关蕾和机床

那年，我 16 岁。

我跟着像妈妈一样的高师傅，学会了操作 C620、C616 车床，经我的手车床出了许多漂亮精巧的零件，当时感到自豪又激动，特别有成就感。

同时，我也尝到了作为一名产业工人的艰辛。现在想起来，16 岁的小孩儿，白班、中班、夜班三班倒，常年轮换。记得上大夜班，是夜里 12 点上班，下半夜 2 点吃顿饭，早晨 8 点下班。

每次到了凌晨三四点时，困得我呀！眼睛怎么也睁不开了。高师傅说，去，洗把脸，到车间门口吹吹风儿，清醒一下！

早晨下了班，赶快骑车回家，十几分钟到了家，倒头就睡。

一直睡到傍晚，昏天黑地的，一看表，6 点？就蒙了：这是早上 6 点，还是晚上 6 点？妈妈问："一直睡，你不饿呀？"

现在，60 多岁了，有时间了，却总睡不着。

多么怀念小时候啊。

气缸·齿轮·我 金重建

1966 年"文化大革命"开始后，由于父母被揪斗，有段时间一听到敲锣打鼓声，我都会禁不住心颤。尤其是母亲被关地下室那段时间，我很孤独，曾一个人从电信大楼地下室的窗口走过，想看到母亲，却见不到面。

我父亲 1940 年参加革命，我母亲 1939 年 15 岁时加入了中国共产党，父母结识于新四军部队，在新四军电台从事的就是像电影《永不消逝的电波》里那种收发电报的保密工作。

那时，我不理解发生了什么。

由于父母的原因，我大哥失去了当海军航空兵的资格，我想参加红小兵的愿望就更甭提了。

1968 年，我的三个哥哥先后去黑龙江支边。如今我读到柳永的《雨霖铃·寒蝉凄切》中"留恋处，兰舟催发，执手相看泪眼，竟无语凝噎"时，想到当年走到铁轨前和江边码头送哥哥们离杭的情景，仍会泪水模糊双眼。

三个哥哥去了黑龙江支边，使我有机会中学毕业后留在杭州。

我和几个同学分配到工厂。那是交通部直属汽车第八分公司汽车保养场，据说当时是战备单位，场里有200辆解放牌卡车，打起仗来就要用到它们。

我去保养场报到后，一位师傅告诉我，我将被分到钣金车间去。现在看来，这个车间修理汽车外壳儿，比较轻松、干净，技术性也强。可我当时想到，只有自己一个人分在这个车间，心中很不情愿，就向师傅表示了我要与多数同学一起当修理工的愿望。

有位技术熟练的年轻师傅曾说："躺下像是条狗，站起来才是个人"——这就是我当时做汽车修理工的生活写照。我成天要跟气缸、气门、齿轮、活塞、汽油、机油等打交道。

在那里，我第一次听说"回丝"这个词儿，起先还当成是经纬的"纬"字，后来才知道，就是指的棉线团儿，最能吸油垢的那种。

在那里，我懂得了拧螺丝的技巧：只有上下左右兼顾，才可避免拧偏、拧过头的现象发生。

那段时间，我还使用过钢锯在工作台上锯些金属材料。记得我大哥有一次来场里，看我穿一身工作服，吃力地锯着什么，心疼我，怕我干不了。我对哥哥说：无论老师傅教会我干什么，我都一定能干得好！

15岁进铁路司机学校　白学礼

我出生在郑州，在我幼年，父亲病故，母亲没有固定工作，家中经济非常困难。

初中毕业后，我没有继续念高中，而是考入了一所管吃管住的铁路技工学校，开始了我三年的学工生涯，在当时这对一个单亲家庭的孩子来说，已经是很满足的事了。

学校是全日制住校学习，每月为每位学生提供十元零八角钱的伙食费，分成早、中、晚餐券发给学生。每天开饭时，在兼做学生食堂的礼堂中，同学们按小组围成个圈，席地而餐。伙食不能算很好，但对于刚经历了三年自然灾害，经常都吃不饱肚子的我，总算是有了不挨饿的基本保障。

通过入校和毕业时的体检表可见，三年时间，我整整长高了 10 厘米。

身材最高、年龄最小的我，由于在初中就是班干部，所以入校后被班上和老师推荐到校学生会，任文艺宣传部的副部长，主管学校三届学生和二十多个班的板报宣传、对外包场电影的联络及校园广播站工作，这些都锻炼了我多方面的工作能力。

我所在的铁路技工学校，有自己的校办实习工厂，车、钳、刨、铣设备设施一应俱全，还担负着为铁路列车生产一些零配件的任务。学生都发有工作服、手套等劳保用品，轮流在校办工厂实习劳动。这样，15 岁的我，离家住校独立生活，基本上解决了自己的生计，减轻了家庭负担。

因学有专长，毕业时对口分配，我没有像读高中的学生那样上山下乡，到农村去接受贫下中农的再教育，而是直接进入铁路系统，当了一名铁路工人。

国家培养了自己，自然就要听从国家分配，到祖国建设最需要的地方去。母亲深明大义，她忍住爱子之情，在我毕业后，挥泪送我到离家千里之外的四川去工作。

“文革”中受全国“停产闹革命”的影响，国家普遍物资供应匮乏，号称“天府之国”的四川，每人每月只定量供应半斤肉和二两菜油，从事繁重体力劳动的工人，每月的粮食定量也只有 30 来斤。

长期的营养不良和独立生活能力的欠缺，导致我刚参加工作不久，就患上了急性黄疸性肝炎，住进了医院。

这场病后，我深感“身体是革命的本钱”。我像运动员一样，每天用两个小时锻炼身体，一年四季，无论是酷热的三伏天或是严寒的三九天，都从未间断，整整坚持了六年。

铁路基层的艰苦生活和锻炼，不仅使我的身体和过去判若两人，更磨炼了我的意志。我努力工作，钻研技术，没几年，我也成为了师傅，带上了徒弟。

我是一个兵

小兵在新疆　秦鲁滨

1970 年 10 月的一天，我在院子的空地习武——腾挪闪打，一连串动作犹如行云流水，一气呵成，双脚把地板跺得砰砰作响。

正练得起劲时，身边走来一位军人，穿“四个兜”，身材微胖，正在上下不断地打量着我。

“小伙子，你练的是什么拳？今年多大了？”

“这是一套长拳，我今年十四岁。”

这时候，传达室老王头走过来对他说：这是秦站长家的老四，这娃样样都好，每天都在这儿打拳。

他点点头对我说：“你想不想去参军？”

秦鲁滨守卫祖国边陲

我一听让我参军，赶忙回答说：“那当然想啦！”

他叫我第二天去空军大院找他。就这样，我自作主张地报名参了军。

收到入伍通知书，我别提有多高兴了！我第一时间给远在甘肃的爸妈发了封电报，告诉他们：我已参军入伍，一周后就出发。

父母接到电报，第三天就赶回来。看得出，他们舍不得我这么小就离开家。爸爸劝我：“你年纪太小了，多读几年书不好吗？”

我态度坚决，一定要参军！

爸爸没再说什么，只是告诉我：“要做好吃苦的准备！”

1970年12月，我告别了家人，离开了学校和同学，坐着闷罐火车一路西行，出嘉峪关，过河西走廊，走阳关道，整整七天七夜，来到新疆首府乌鲁木齐。

在零下十多摄氏度的冰天雪地，我被剃了光头，然后裹着一件油黑发亮的破旧大衣，又坐了三天的汽车，终于抵达南疆焉耆的荒滩戈壁，开始了长达五年的军旅生涯。

这是我第一次离家远行！

新兵教导队驻地，四周没有围墙，营房是干打垒构造，孤零零矗立在戈壁滩上，显得十分凋零和荒芜，呈现眼前的只有漫漫黄沙和一簇簇的骆驼草，一切都不及想象的美好。

我们到达时正好是冬天，大地仿佛被冰冻起来，穿再多的衣服还是觉得冷。一阵大风袭来，眼睛无法睁开，等踉跄着站稳了脚，全身变成一个雪人。

十三四岁的新兵还都是孩子，晚上起夜，谁也不敢去百米开外的简易厕所。于是，一帮人站在屋檐下对着营房的墙壁齐刷刷“拔出枪”怒射起来。

谁知第二天一大早吹响了紧急集合哨，全体列队的地点，正好就是昨夜撒欢的地方。

再低头一看，只见营房墙面上大大小小被冲出了十几个“窟窿”，有的深达二十几公分。哎，谁能想到一泡“水”竟差点冲垮了“铁打的营盘”！

现场证据确凿，你还有啥辩解的？挨了一顿臭骂不说，哥几个被罚掏了整整一个星期的茅厕。

呵呵，这是我参军后第一次挨惩罚！

我们小兵主要学习俄语，必须在两年内掌握俄语的“听、说、读、写”能力。

技侦部队是军中的精英，学习和训练极其严苛，实行择优劣汰制度，每阶段学习结束后，严格考核，两次不及格者将被淘汰。

时间紧任务重，除了每天要熟记四五十个俄语单词外，还要连篇累牍背课文，厚厚的教材压得人喘不过气来，只恨爹妈少给生了一个脑袋。

我虽然跟得上学习进度，考试成绩也不错，但就是不会发俄语L音。天哪！学习俄语不会发颤音，那哪成？时间长了肯定会被淘汰出局，那丢人可就丢大了！我整个人都臊得慌。

我不甘心落后，也不相信失败。不就是个L音吗？

打这以后，我天天L不离口，中午和晚上也“L–L–L”地不松口，甚至连睡觉做梦都在练习L音，简直到了走火入魔的境地。可是无论我怎样努力，就是发不出L音。

随着中考临近，我的心情也越发焦虑和不安。唉，该怎么办好呢？一想到可能被淘汰，不由得倔脾气上来，于是一咬牙一跺脚——拼了！

我找了一块小石头洗净垫在舌根处，练习的时候只要舌根一紧张，石头便会硌得舌头痛，同时再含上一口水，就这样“L呜L呜”一练就是一整天。

不承想一周下来，非但没练成L音，而且舌根处起了个大血泡，别说继续练颤音了，就连咽口唾沫都钻心地疼。

实在没辙了，只好闭上嘴巴，一切听天由命吧！

一周后，我正在刷牙，随口轻轻“L”了一声，舌头竟然颤动了。

咦？不敢相信，再“L”了一下，舌头仍然在颤动。

呵呵，我大喜过望，嘴巴不停地“LL”着，生怕停下来L音又跑掉了。也顾不上擦干净嘴巴，带着满嘴牙膏沫“LL”地走向教室。

啊，这一天终于被我等来了！

在新疆当兵，尤其在焉耆县当兵，没经过厕所的历练就不算一名合格的兵。

焉耆境内有著名的博斯腾湖，鱼儿肥美，蚊子特大，光秃秃的戈壁滩倒成了蚊虫的重灾区。

夏天傍晚，屋外蚊群的叫声如同飞机的引擎嗡嗡作响，“解大”回来后，满屁股全是大疙瘩，惨不忍睹。痒了忍不住就使劲地抠，可抠了后会更加地疼痒。所以一想到上厕所，人人都胆战心惊。

实在没辙了，就只能尽量改在白天解决问题。晚上实在要上厕所，那你得先憋着，等快要忍不住了，手拿报纸快速冲进厕所，点燃报纸后，再脱下裤子，一边烧火一边拉屎，十秒二十秒结束战斗，完事后立马提裤子往回跑。就是这样严防死守，仍然会被小咬几口，那算是很幸运的！

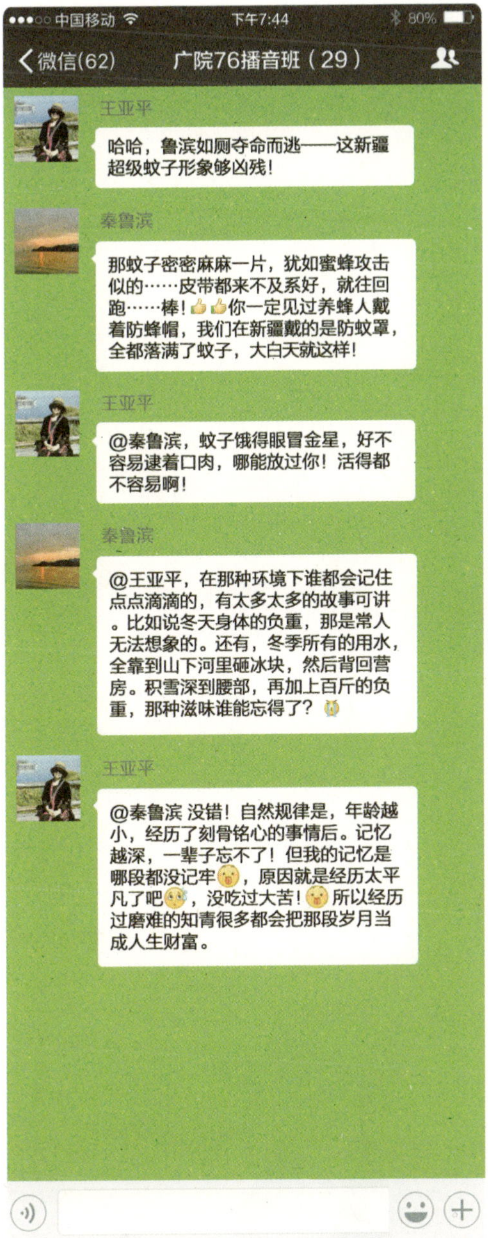
中国移动
下午7:44
80%
微信(62)
广院76播音班（29）
王亚平
哈哈，鲁滨如厕夺命而逃——这新疆超级蚊子形象够凶残！
秦鲁滨
那蚊子密密麻麻一片，犹如蜜蜂攻击似的……皮带都来不及系好，就往回跑……棒！你一定见过养蜂人戴着防蜂帽，我们在新疆戴的是防蚊罩，全都落满了蚊子，大白天就这样！
王亚平
@秦鲁滨，蚊子饿得眼冒金星，好不容易逮着口肉，哪能放过你！活得都不容易啊！
秦鲁滨
@王亚平，在那种环境下谁都会记住点点滴滴的，有太多太多的故事可讲。比如说冬天身体的负重，那是常人无法想象的。还有，冬季所有的用水，全靠到山下河里砸冰块，然后背回营房。积雪深到腰部，再加上百斤的负重，那种滋味谁能忘得了？
王亚平
@秦鲁滨 没错！自然规律是，年龄越小，经历了刻骨铭心的事情后。记忆越深，一辈子忘不了！但我的记忆是哪段都没记牢，原因就是经历太平凡了吧，没吃过大苦！所以经历过磨难的知青很多都会把那段岁月当成人生财富。

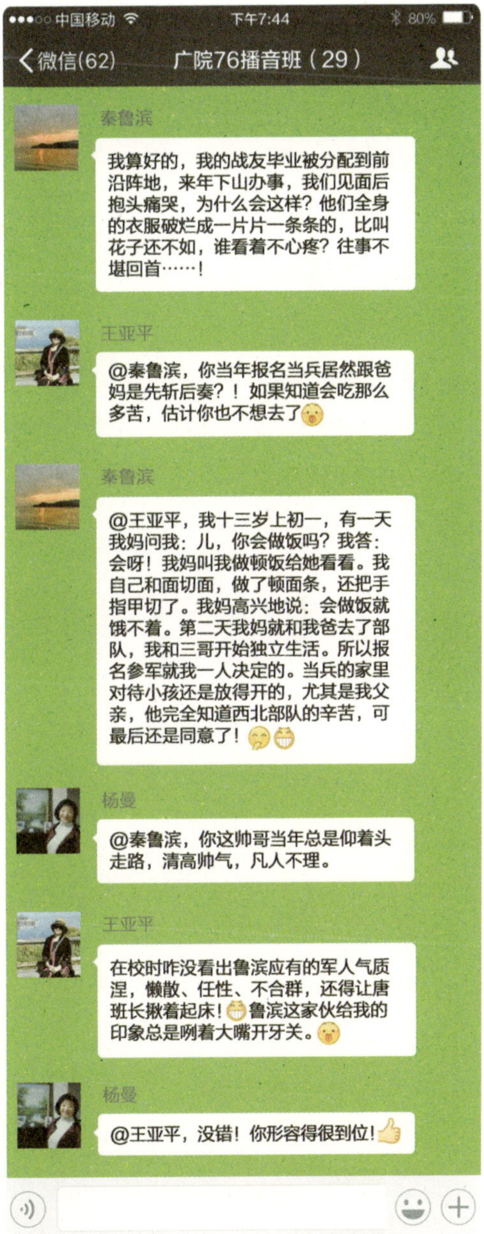
中国移动
下午7:44
80%
微信(62)
广院76播音班（29）
秦鲁滨
我算好的，我的战友毕业被分配到前沿阵地，来年下山办事，我们见面后抱头痛哭，为什么会这样？他们全身的衣服破烂成一片片一条条的，比叫花子还不如，谁看着不心疼？往事不堪回首……！
王亚平
@秦鲁滨，你当年报名当兵居然跟爸妈是先斩后奏？！如果知道会吃那么多苦，估计你也不想去了
秦鲁滨
@王亚平，我十三岁上初一，有一天我妈问我：儿，你会做饭吗？我答：会呀！我妈叫我做顿饭给她看看。我自己和面切面，做了顿面条，还把手指甲切了。我妈高兴地说：会做饭就饿不着。第二天我妈就和我爸去了部队，我和三哥开始独立生活。所以报名参军就我一人决定的。当兵的家里对待小孩还是放得开的，尤其是我父亲，他完全知道西北部队的辛苦，可最后还是同意了！
杨曼
@秦鲁滨，你这帅哥当年总是仰着头走路，清高帅气，凡人不理。
王亚平
在校时咋没看出鲁滨应有的军人气质涅，懒散、任性、不合群，还得让唐班长揪着起床！鲁滨这家伙给我的印象总是咧着大嘴开牙关。
杨曼
@王亚平，没错！你形容得很到位！

新疆冬天一般都在零下一二十摄氏度，简易厕所都搭建在陡坡上，就像吊脚楼似的，茅坑下面是露天的，大风一刮，雪渣子打着旋转，吹得满屁股都是，冻得人直打哆嗦也得硬挺！

蹲坑的木板全都结了冰，稍不留神就会滑一跟头，摔个仰马趴。谁愿意躺在屎尿横流的茅坑上？爬起来的速度比倒下去的还要快。我们每个人都中过招，摔倒过无数次。

其实，这都不算什么。在新疆当兵，真正的考验是掏厕所，但凡经历过一次，你会记一辈子。

茅坑下面的露天地上，上百号人的大小便一层叠一层，没几天就堆积冻结成一座座“冰塔冰峰”，如不及时清理，屎尿就会破坑而出。

我们手持钢钎举起铁锤用力猛砸，屎尿渣子崩得满头满脸满嘴都是，一个班八九个人动手掏厕所，也要花上一整天时间才能够完成。大冬天把棉袄全脱了，可汗水还是浸透了衣衫。砸下的“冰块”要运走，又没有工具盛，只好各自端着洗脸盆来当屎盆子用。

掏厕所一般会在周六进行，而一周一次的改善伙食吃肉也正好安排在周六。我们会以最快的速度狼吞虎咽填饱肚子，然后再装上满满两大碗的饭和肉菜，偷偷地端回宿舍留着第二天享用。房间烧的是火墙，炉灶是自己盘的，热起饭来很方便，把饭菜倒进洗脸盆，煮开了照样满屋飘香！

洗脸、端屎、煮饭一盆三用，创下了全军新纪录！

在条件艰苦的边疆部队，像我们新兵教导队是非编制单位，穷得经常揭不开锅。吃菜，要自己种，吃肉，要自己养猪，为了不挨冻，自己要砍柴。总之，什么都得靠自己去解决。

1970 年开春，我们已经三个月没吃上一滴油了，有时候为了调剂口味，靠挖野葱蘸酱油下饭。连队决定杀一头猪犒劳大家，我们一听高兴得欢呼跳跃起来——要知道，部队只有八一建军节和春节才杀猪，提早杀了，过节就没有肉吃了。可眼下大伙唯一盼望的就是赶紧杀猪！

一声令下，哥几个把猪从圈里拖出来，四个人紧紧地按住它，再上来一人扳住猪嘴不让叫唤，用杀猪刀从喉咙下方捅入心脏，然后就是放血烧水刮毛。等到开膛破肚一看，大家顿时傻了眼，只见猪的瘦肉上长满了一颗颗的白米粒——这是一头典型的“病米猪”！领导决定把猪埋掉！

唉，一盆冷水从头浇到脚！

那天晚上，一群人辗转睡不着，一直在念叨病猪的事。我说：“就这样埋了太可惜，不如把它挖出来，用高压锅多炖炖就没问题了。”

后经领导同意，又把猪挖了出来。

第二天炊事班蒸了好几锅的米猪包子。还记得包子刚出锅，咬上一口直往下滴油，那叫一个香啊！当兵一年多还从来没有敞开吃过肉，用队长的话说：管你吃个够！

啊，真的很过瘾，那是我这辈子吃过的最香的一次包子！

离我们驻地几公里有一条小河，我们经常带渔网去捕鱼。我们发现，只要用渔网堵住水渠的入口处，在另外一头一阵吆喝，鱼就会往入口处回游而自动落网。

咦，怎么越往上提渔网就越沉，挣扎得也越发厉害？感觉有点不对劲，赶紧把渔网拖上岸。

这一看可不得了，吓得人差点晕过去！

只见网里有两只硕大的老鼠龇牙咧嘴在挣扎，每只足有七八斤那么重。哥几个从没见过如此大的老鼠，吓得不轻。

我们逮住的是"水老鼠"，主要靠吃鱼虾长大。理论上是可以食用的，于是我们找来铁锹把老鼠敲死。

我当兵前做过饭，理所当然是大厨。扒了皮，切成块，用开水焯去腥味，按红烧肉的做法来了个"红烧老鼠肉"。

当老鼠肉做好后，却没人敢动筷子，几个人你看我，我瞧着你的，谁也不肯吃第一口。我皱着眉头夹起一块老鼠肉放进嘴里……哦，还真的很好吃！

为了多吃几口，我也不吭声，闷着头一个劲地吃。几个人先是直愣愣地看着我发呆，也不知是谁先反应过来，哐当一声，锅里全都是筷子……

我们部队那时没有洗澡堂。有的人实在忍不住，光着身子在极低温度下擦澡，结果没几天病倒了好几个。

领导坐不住，真着了急，再这样下去，没人干活了。于是做出了一个令人啼笑皆非的英明决定：将炊事班的厨房临时改作澡堂，用蒸馒头的大铁锅烧热水，再用炒菜的大铁锅当澡盆，两人为伍，坐在铁锅里洗澡，一次倒一桶半热水，规定十五分钟洗完。

就这样，我们在食堂门口排队，一对对走进厨房去洗澡。这是当兵两年来第一次真正意义上的洗澡，虽说两人坐一个铁锅有点挤，但能够"泡澡"已经很满足了！我们洗得很认真，互相帮忙搓着背，到钟点准时"出锅"，

再舀上两瓢凉水，把铁锅冲洗干净，接着又轮到下两位。

第二天开饭，大伙开玩笑说：今天饭菜的味道不一样，吃起来觉得特别香！

戈壁滩的艰苦岁月，叫我终生难忘。

“待学”三年，当了女兵 陈小渝

1953年我出生在雾都重庆，因此父母给我起名叫“小渝”。出生后没多久，我又随同父母迁到北京，我的童年是在北京度过的。

因父亲在中央民族歌舞团工作，我从小就与文艺结下了不解之缘。小时候，只要父母单位有家属参加的联欢会，我都会出现在舞台上。

当年北京留给我印象最深的，就是四川风味的峨眉酒家。因为母亲是四川人，所以基本上每周从学校回家后，母亲都要带我们几姐妹去那儿过过干瘾。鱼香肉丝、麻婆豆腐是我们的首选。

这样的日子没过多久就结束了。1965年父亲调往贵州，我们全家随同前往。

由于还差半年才小学毕业，于是父母找到他们的老战友，把我安插进贵阳一所子弟学校。大概是我从京城来的缘故，进校后，我马上被任命为少先队大队长。

眼看着就要踏入中学的门槛，正在考虑选择哪所学校的关口，史无前例的无产阶级“文化大革命”开始了。

这之后，我们这拨孩子整整在家待了三年，待分配。

1969年，我们终于盼到进入中学上课的机会。好不容易又能进入教室，踏踏实实听老师讲课了，那会儿的心情别提多高兴了。

进校没多久，学校成立宣传队，我又被选中。刚恢复的复课闹革命，课程安排也不紧张，随之而来的反而是校宣传队火热的演出，还一场接一场。

记得1969年下半年的一天，两位部队领导来到我们学校。那个年代大家对军人无比崇拜，同学们都在纷纷议论：这两位兵哥哥来干啥呀？

几天后这两位部队领导又敲响了我家的大门。后来我才知道，原来是解放军总后某部队宣传队瞧中了我，决定招收我去当兵。

那个年代，跟我同龄的孩子多半都去上山下乡，再强点儿的，也就是进厂当工人。能荣幸地去当兵，那时大家简直连想都不敢想。

我心里乐开花了。1970年，在同学们羡慕的目光下，我离开了只待了不到一年的学校，奔赴部队，光荣地成为中国人民解放军队伍中的一员。

那个年代，部队大兴招文艺兵，排演样板戏，组织各种演出。我们就是为了参加总后文艺会演，被招聚到了一起。

陈小渝当兵时期

我们宣传队排演的是样板戏芭蕾舞剧《白毛女》，一帮年仅十五六岁的小兵，每天在练功房压腿踢腿下腰练足尖，一天下来大汗淋漓腰酸背痛，从没穿过芭蕾舞鞋，不少女孩子的脚都磨破了，虽没有正规军人那样辛苦，但也一样汗流浃背。

经过几个月的训练，我们这帮娃娃兵终于登上了首都总后勤部的舞台。在所有参加会演的团队中，我们的年龄最小，不少观众评价我们演出的是“缩小版”的《白毛女》。

芭蕾舞是西方宫庭推崇的高雅艺术，我们这帮小土妞小土娃们，在那种年代也过了一把芭蕾瘾。

我们虽然是文艺兵，正规军事训练安排得非常少，但也跟正规兵一样参加过拉练、紧急集合、夜间站岗、打靶等训练。其中我印象最深的就是打靶了。

我第一次拿起枪对着靶子练习，简直找不着北，光练拉枪拴对准星三点一线，就折腾了差不多一个月。教练对我的评价：偏左，实战成绩不会理想。

真枪实弹的考核开始了，我抱着无所谓的态度开始了射击。一枪、两枪、三枪……九发子弹射出。

成绩出来后简直没想到，九发子弹我的成绩是 85 环，四个 10 环，五个 9 环——名列我们宣传队第一。事后教练说，枪都有偏左偏右之分，只能说我那支枪是瞎猫碰上死耗子了吧。

陈小渝（前排右一）在部队文宣队演出剧照

之后，部队体工队曾向宣传队提出要调我去射击队，但被我拒绝了。

前前后后走南闯北，我们除了参加总后文艺会演之外，还奔赴各兵站汽车团等基层单位慰问演出。部队生活锤炼了我，培养了我，使我从一个不懂事的孩子，成长为一个合格的战士。

1975 年全军大裁员，我复员回到家乡贵阳。

那年年底，正赶上贵州电视台招聘播音员。又是因为我的文艺天赋，及在部队演过话剧报过幕，我得到了他们的青睐。于是我走进了电视台这个陌生的行当，开始了播音员的生涯。

我们被选择

白衣天使戛然而止的路　王亚平

20 世纪 70 年代初，初高中毕业的城镇青年，通常得下乡。我即将高中毕业，心里在想，未来将会怎样？

1972年的一天，校长通知拥有非农业户口的应届高中毕业生，去领一份表格。我拿到一看，竟是一份招工登记表！里面有三个选项：医生、教师、会计。

啊？我不必插队落户了！可以直接参加工作！

当时真不敢相信这是真的！

一阵欢呼雀跃之后，镇定下来，认真考虑自己的选择。我喜欢做什么工作呢？

小学教师？不行！我不善于管理别人，不喜欢为人师表。

会计？“NO”，妈妈就是银行会计，每天要填写那么多令人眼花缭乱的表格、经手一沓一沓的人民币，责任重大啊！

医生？这个不错！听诊器、方向盘正是当下被社会尊重而羡慕的职业，正好爸爸就在卫生系统工作，可以在业务上帮助我。

我要当白衣天使！

等待批准的日子里，我开始对未来心驰神往：做一个穿着白大褂儿的救死扶伤的医生，该是多么崇高伟大啊！

拿到高中毕业证，16 岁的我如愿进入河北省大厂县医院工作。

走进医院，看到医生们行色匆匆穿行于门诊、病房，漂亮的护士姐姐拿着输液瓶子管子为病人打针用药，这一切都令我新奇兴奋。记得第一次发给我的白大褂儿，布料粗糙，泛黄，不够白，我找来漂白粉把衣服浸泡了一把，

王亚平在化验室工作

得到了满意的雪白色，郑重地穿上身，哈哈！那叫一个神气！

可是，光神气管什么用呢？医院是跟病人打交道的，那可是人命关天啊！院方为我们这十六名对医学一无所知的学生，进行了严格的岗前培训。

第一阶段：人体解剖。县级医院没有解剖室，没有人体标本可供观摩学习，指导老师取来一具小小的无脑死婴给我们上解剖课。十几岁的学生哪里经受得住这般惊吓，都退得远远的，不肯走到近前观看。老师急了，说：就这胆量你们还当什么医生！一顿吓唬批评，大家战战兢兢围着手术台仔细观察辨别各器官及骨骼血管构造。为了让我们了解心脏内部结构，老师竟然找了一只最接近人心构造的猪心来做解剖标本，由此我们明白了左右心室、二尖瓣三尖瓣、主动脉肺动脉。

第二阶段：熟悉护士业务，练习打针、输液。发给每人一只中医用的号脉小枕头，手持针管练习下针的腕力，学生之间互相在对方的手背手臂上练习准确穿刺静脉血管。当年练就的这份功底令我受益终身，给家人打针是常事，两岁的儿子害怕去医院打针，宁愿妈妈亲自下手，说妈妈打针不疼，从来不哭不闹。

第三阶段：各科室巡回实地操练。记得轮到我去外科实习的第一天就遇上了一个被脱粒机卷入手臂来看急诊的农民大叔，他的右胳膊光秃秃的已经没有了手，露着白骨的小臂血淋淋的，沾满稻草，人痛得脸色青白，医生吩咐我和另一个学生负责清理掉伤臂上的杂物以便进行手术，我心里虽然又怕又紧张，可依然硬着头皮进行清创，从此练成了不再怕血的女汉子！外科之后，我依次进入妇科产房手术室实习，观摩新生儿诞生、阑尾病人的阑尾切除术等等。最后转到病房见习护士工作，每天跟着医生查房配药，掌握听诊器听诊支气管炎、分辨肺炎干湿罗音……

半年左右的培训实习结束，院领导分别找我们谈话了解各自的爱好特长，我选择了化验室。

对一切未知领域我天性有着狂热探索的动力。显微镜下的世界是那些肉眼不可见的细胞及奇奇怪怪的微生物，细胞核各异的白细胞，血液中最多的含有血红蛋白的血细胞，体积最小的淋巴细胞，衰亡、脱落的上皮细胞，人体寄生虫，等等。这些东西竟对我产生了致命的吸引力！我跟领导强烈要求到化验室工作，刚好此时化验室缺人手，我得以如愿成为一个准化验员，而一切又要从头学起。

从刷洗各种试管瓶瓶罐罐开始了我的化验室学习日常。练习取末梢血做血常规，抽取静脉血做生化检验，取样尿便在显微镜下观看病变程度，我开始走入微观世界。

病人的心态素来排斥年轻医生，从病人对我投来的怀疑目光我明白阅历资质对从业者来说有多么重要，我决心用熟练的专业素质赢取病人对我的信任。

为了尽快提高业务水平，院方还派我到北京和平里医院学习进修。一年多后经领导多方面测评，认定我具备了独立署名出具化验单的执业资格，从此白班及门诊夜班我都可以独当一面了。

一晃四年，我对业务已经驾轻就熟，对未来的发展却有些焦灼。化验员并不能直接为病人诊病，没有处方权，自己当医生的初衷是要治病救人啊，而当一名医师是需要专科学历的！

20 世纪 70 年代中期，各行各业的青年以工农兵身份被推荐上大学成为热潮，使得“文革”期间读书甚少的青年们有了再次读书的可能。我的内心蠢蠢欲动了，我要去读书、深造，去系统地学习医学理论，将来做一名合格的有处方权的医生！

被选择 李小梅

我从 1955 年出生到上小学这一阶段，基本是在正常环境下成长的。但 1966 年小学没毕业，就开始了“停课闹革命”，于是我们就被停学了。

该上初一的年龄，又开始了“复课闹革命”。可我当时已经跟随被下放的父母去五七干校了。

干校有个设在泥巴房子的“五七中学”，三两个五七战士充当教师。记忆里学习没有劳动多。

后来随着被调回工作岗位的父母返回城市，我才算接着完成了初高中学业。

因为在学校时一直是板报组成员，喜欢画画，父母当年很“前卫”地给我找了“家教”——被发配而赋闲的中央美院大学生教我画画。那时家教是不收费的。

高中毕业，老师和家长包括我自己，都认为我应该去当年正好有招生任务的长春艺术学校（现吉林省美术学院）继续上学。可是，当时的艺校只被允许面向战斗在农村的知识青年招生。

于是，我下乡成了知青。

第二年，赶上全国都像学大寨那样热情地向陕西户县农民学习，因为那里村村都轰轰烈烈地剪纸画画，是有文化的“新新农民”形象。于是我被抽调去县文化馆，与一帮喜爱画画的知青一起，搞“农民画”创作。

正当我画得十分投入，向往着艺校再来招生时，吉林省电视台来知青中招播音员了。

只招一名，我被录取了。如此天上掉馅饼的大好事，我应该是何等庆幸！但前后脚，艺校也再一次面向知青招生了。

记忆中，从上小学到参加工作填写过无数张表格，但从没有机会在“志愿”一栏里写点什么。

我成了七年级小学生　谢克荃

20 世纪 50 年代出生的人，经历了很多不平常的事情。

我是 1954 年出生，经历了大跃进、大锅饭、三年自然灾害等。1966 年小学还没毕业，就赶上轰轰烈烈的“文化大革命”，全国学校全部停课，我不得已又多上了一年，成了七年级小学生。1967 年 10 月，中央又提出“复课闹革命”，我才继续初中和高中的学习。

1972 年我高中毕业，正赶上上山下乡运动如火如荼地开展。那时我家兄妹较多，当时有一项政策：多子女可留一孩儿在父母身边。我刚好符合这一条件，没有到广阔天地锻炼，接受贫下中农再教育，却走上了为贫下中农服务的工作岗位。当时镇里建立广播站，需要一名广播员，我很荣幸被选中，成了一名广播员。工作第一个月，就领到了 25 元工资，高高兴兴地拿回家，交到了母亲的手里。

市中心广场听到自己回声　郑瑞霞

小时候的我话语很少，性格内向，可是不知咋回事，一到台面上就像换了个人，目中无人，从不怯场，很有表现欲。

印象最深的一次是在全市的一次庆祝大会上，那时我上小学五年级，我代表全市的少先队员讲话。我牢牢记住老师说的话：“上去后你一定对着面前的话筒，然后开始朗读。”

那是我第一次在话筒前发声。市中心的鼓楼广场站满了参加节日的游行队伍，我站在高高的鼓楼主席台上，手拿讲稿面对话筒大声地朗读。

突然，我能听到广场四周的大喇叭里传来我朗读的回音，是我手里这个话筒传出的吗？这样一个东西能把声音传得那么远，那么大，太奇妙了！

从那时起，我就一直期待着能再见到这个神奇的话筒。

1969 年，我在开封五中上学。

一天，学校工宣队的崔师傅说，市广播站要招播音员，他带着我和另外两个同学到广播站参加考试。

我们被带进了一个大演播室。淡黄色的木板墙，上面有好多排列整齐的小圆孔，后来才知道那是起吸音作用的。没有窗户，一张大桌子很显眼的位置上摆着话筒，桌子上的播音控制匣连着的另一个房间叫控制室。

我正在好奇地东张西望，工作人员拿来一张报纸，让我对着话筒念。我又紧张又兴奋，话筒对我一直有一种莫名的吸引力。这次在广播站的录音间我又来到了话筒前。

那时候报纸上都长篇大论，我大概看了一遍就开始念。

“能大声念吗？”工作人员问我。我顿了一下，就放大声音念。工作人员又拿来一些口号让我喊。

经历过“文革”的人都会喊，我就大声喊起来：“××× 万岁！ ××× 专政！”

很快学校通知我去广播站报到，我成为了市广播站的一名播音员。

那时，我 16 岁。

遇到话筒

经历如此不同，却有着同样的缘分，我们很多人都有机会认识了话筒。那个年代，不管在农村广播站，还是在广播电台，不管在工地，还是在体育场，人们都不约而同地在话筒上包上红绸子，是因为要过滤杂音，还是因为要更神气？那跳跃的颜色，吸引着年轻的我们。那年代，人们熟悉的口号是：“我是一颗螺丝钉，拧到哪里就在哪里闪闪发光。”“我是革命一块砖，哪里需要哪里搬。”在那缺少个人喜好、缺少个人选择的年代，能遇到自己喜欢的话筒，太难得了！这是我们的幸运。

“庄墓镇广播站，现在开始广播——” 谢克荃

1972年我高中毕业。当时长丰县里要求各镇都要建立广播站，对各村各户进行有线广播宣传，因此镇广播站需要一名广播员。我这个刚走出校门的“校级播音员”很荣幸被选中，成了一名“镇级播音员”。工作第一个月，就领到了25元工资，高高兴兴地拿回家，交到了母亲的手里。

得之惜之。我非常热爱这一行，每天起早贪黑，早中晚三次广播准点开始，从不延误。那时人手少，啥活都干，机器出了故障，师傅不在，如果是换个晶体管的简单技术活儿，我就不劳师傅大驾，自个儿干了。有时还跟着师傅下乡，协助师傅安装高音喇叭、检修线路，打个下手，干些力所能及的活儿。

记得有一次下乡，广播一结束，我就骑着自行车急匆匆上路了。路窄骑

得又快，经过一条小沟边时，一不留神，车头一歪，连人带车跌到了沟里，摔了个嘴啃泥，我连滚带爬上了岸，费了九牛二虎之力把自行车拽上来，就着小沟水把衣服上的泥巴洗吧洗吧，就又上路了。

广播站除一天三次转播外，还有自办专题和戏曲节目。通讯员来稿自己编编就播出了，有时还挑选一些自己喜欢的文章，再找一张音乐唱片配乐，扬扬自得地对着包着红布的话筒直播，完全沉浸在自我陶醉的状态。不久，县广播局招人，我又被命运眷顾，成了一名“县级女主播”。

“新胜林场广播站，现在开始广播——”　敬一丹

我的知青时光大部分是在林区的广播站度过的。

广播站小小的，话筒崭新崭新的，是上海无线电厂生产的，底座是浅蓝色，话筒上包着红绸子。

每天清晨，晨雾里，我起身去广播站。打开 150W 扩音机的低压开关，先预热，半小时后，再开高压。

开始曲当然是《东方红》。唱片是黑色 78 转的，唱针一定轻放，不能“咔啦”一声，家家户户都有小喇叭，不能惊着小孩老人。

声音渐渐升起，持续，渐稳，话筒打开：

“新胜林场广播站，现在开始广播——”

我太喜欢这话筒前的感觉了。春天把林间的达紫香放在话筒前，冬天把刚采的松子放在话筒前，好享受啊！

在这小小广播站，我是广播员、记者、编辑、技术员、站长，采编播彻底合一，我干得认真而充实。我不用说“这次节目是敬一丹播送的”，因为听众全认识我，都叫我“小敬”。山林里的职工家属、大人孩子，都是听着广播过日子的，那时没有电视，广播一响，就是林海雪原唯一的动静了。

知青伙伴干活儿回来，对我说：“我们在山上听广播，听不出是你播的还是省电台播的。”

我暗自得意，故作平静：“是我播的。”

我当时十八九岁，把小小广播站办得有板有眼、有声有色。局里在我们这儿开了广播工作现场会，我还一本正经介绍我是怎样办好广播的。其实，就是从心里喜欢。

爱好，变成职业，那热情是不竭的，那动力是内在的，不用鼓励也会倾情投入。

那小广播站是我知青生活中最让我怀恋的地方。

后来，我被调到林业局广播站去了。人家都说我这是被重用，可我爱上了这个小广播站，我是哭着走的。

“清河林业局广播站，现在开始广播”——这成了我的新呼号。

这里不但有话筒，还有录音机了，我第一次从录音机听到自己发出的声音。那年代，我在林区“全局联播”里，把这样的声音传遍山上山下的十几个林场、贮木场：

“全力以赴投入春季造林大会战……”

“护林防火，人人有责，完成次生林抚育任务……”

“汽运处冬运任务……”

“贮木场职工大会战……”

“反击右倾翻案风……”

“批林批孔……”

“北京第二通用机械厂广播站，现在开始广播——” 关蕾

我们厂有一个广播站，两个广播员。

轮到我值班，要一大早赶到班上，把所有的设备打开预热，然后，全厂职工都能在大喇叭前听到：“北京第二通用机械厂广播站，现在开始广播——”高音喇叭传出的声音，回荡在整个厂区。

有一天，一位经常给中央台投稿的基层老通讯员，跟我说，他认识中央人民广播电台的播音员，我一听特别高兴！求他帮我联系一下，想去请教。

他果真不是吹牛，立马打电话。回说，好了，晚上下班就过去。

到了中央人民广播电台传达室旁边的一个小接待室里，我心里慌慌的，我一个工厂的小广播员，人家会见吗？

过了一会儿，果然来了一位身材魁梧的老师，他和蔼慈祥，丝毫没有大牌架子。

老师让我读了两段报纸，就非常耐心地给我讲起了播音的基本规律，还边讲边示范。

虽然当时我不一定完全理解，但通过这次点拨，我明白了一点，播音员不是在“念”书，也不是“文革”中习惯的高调儿喊口号，而是像正常人说话一样，把文字变成自己的话，“说”出来。

我记住了，他就是大名鼎鼎的方明老师。

他在百忙之中抽空做的一次义务辅导，让我这个工厂的小广播员茅塞顿开，受益终身！至今，我都非常感谢方明老师的这次播音启蒙。

“特克斯县广播站，现在开始广播——”　韩菊

我在小学、中学都做过广播员，1972 年，我从牧场调到了新疆特克斯县广播站。

基层广播站没有明确的分工，有啥干啥。除播音外，还要下乡采访，我还学会了修入户小喇叭，学会了骑摩托车，还学会了开手扶拖拉机……

特克斯县是一个八卦形城，县城特别小，一根烟抽不完，县城就转完了，但满城的苹果树，景色真是美。改革开放后，特克斯县成了全亚洲唯一一个没有红绿灯的城市。

我每天早上第一个工作就是七点整准时让城中心八个高高的大喇叭响起“东方红太阳升”的音乐。紧接着就是我说“特克斯人民广播站，现在开始广播了”——这时，我会感到无比自豪。

记得有个冬天下雪非常冷，临睡前我照常上好了闹钟。

早上醒了，我一看表，都七点十分了：“闹钟怎么没响呢？”我以最快

的速度起床，脸都顾不上洗，急急忙忙就往广播站赶。

外面白茫茫的地上，竟然连一个脚印都没有，是因为大雪，没人出门？

到了广播站，没等机器预热，我就手忙脚乱地打开了唱片，寂寥的县城响起了《东方红》，雄壮的音乐在宁静的夜空里显得格外嘹亮。

随着《东方红》乐曲，各幢楼房平房的灯，次第亮了起来。

紧跟着，广播站站长气喘吁吁地跑来，吼道："你疯了，几点钟你就把广播放响了？"

我说："七点多啦！"

他把我拉到表旁边："你睁大眼睛看看，现在是几点钟！"

我看了一眼表，"啊"地倒吸一口气，差点晕过去——时针刚好指向夜里两点整。

天哪！我真疯了！

第二天县委召开常委会，其中一项内容就是，让站长带我去医院检查，是不是有梦游病。

"巩留县人民广播站，现在开始广播——"　马进德

"小马，有个好消息。新疆人民广播电台要在咱们伊犁地区举办广播员培训班，站里决定派你去参加。"

"啊，是吗？太好了。"我激动得几乎要跳起来。

巩留县广播站站长卡哈尔——一位和蔼可亲的维吾尔大哥给我带来好消息。那是 1974 年秋，我在广播站当广播员，也要编写稿件，当仓库保管员，甚至还要爬电线杆，拆装修理高音大喇叭。我还从来没有过培训的机会。

10 月初的伊宁，正是秋高气爽，满目丰盈的季节。培训班在距离伊宁市 15 公里的伊宁县青年农场举办。路边高大挺拔的成排白杨树，树叶已经开始由绿变黄，沙沙作响。远处白墙红字，书写有醒目的标语："抓革命，促生产"。当时国内重新开始重视"促生产"，科研等专业工作逐渐开始恢复。

这次播音员培训班据说是新疆"文革"以来首次开办的，分别开办了维

吾尔语和汉语两个班。维语班由被称为新疆夏青的著名维吾尔语播音员库尔班艾力主讲，汉语班由从北京支边到新疆的电台播音员伦永立老师担任主讲。

开班第一天，老师请学员先做自我介绍，其中有个女孩儿让人眼前一亮。她说她叫韩菊，是特克斯县的播音员。她用银铃般的声音，小溪般流畅的标准普通话介绍自己。这引来老师不停的夸赞。

轮到我做自我介绍时，伦永立老师吃惊地问："你是北京人吗？"

我说："不是。我是土生土长的伊犁本地人，长这么大我是第一次走出家乡巩留县。"

大家更疑惑了："那你这普通话？"

说来话长。1962 年我 8 岁上小学时，遇上了今生难忘的杨国云老师。她留着长长的大辫子，是一位疼爱学生的好老师。她痴迷于教学，那口普通话讲得特别好，她讲授的汉语拼音给我留下深刻印象。没有启蒙恩师杨国云，就没有我的普通话播音之路。后来伊犁师范学院的毕业生到县城小学支教，新来的老师当中，有个皮肤白皙戴着眼镜的女老师叫高尚婕，特别喜欢文艺。她教我和另外一个男生演对口词，教我报幕，演各种文艺节目。后来上中学，在县里的毛泽东思想宣传队，我都是报幕或者朗诵的角儿。

中学毕业后，我曾当过近两年的小学教师。1973 年 6 月，我被调到了县广播站，当了一名正式播音员。

应该说，1974 年的那次培训班，是我人生中的一次大事件。一来开阔了视野。我第一次见到了省电台的播音员老师，第一次听到了老师带来的前辈们的优秀播音作品，听到了《方明谈练声》那盘录音带，从而知道了咽音练声等方法。二来迎来了难得的机遇和转折。正因为那次培训班，我和韩菊才被发现并被举荐。我这样一个边疆少数民族贫苦农民的儿子，才有了后来的机遇。

"禹城县广播站，现在开始广播——"　杨曼

那年月，自己的命运不完全由我们自己掌握。1968 年我 17 岁，我从北京 27 中学回到山东禹城县老家，成了一名回乡知青。

每天我扛着锄头、铁锹，到离县城二里地的乔庄村接受贫下中农再教育。天天穿梭于县城街道，赶上集市的日子，那回头率百分之百啊！都12月份了，我还穿双鹿皮鞋，脚都有冻疮了。听到人们议论：“哪儿来的姑娘？这么冷的天儿，也不穿棉裤和棉鞋？！”

在集市上我边走边问：“这菜怎么卖？花生多少钱一斤？”

身旁有位县委干部，听俺撇着北京腔儿，直瞅我……

没过几天，有人让我家亲戚带着我去县委大院，念段儿报纸，我记得是人民日报社论。听后他们说，我的腔调儿比县广播站的女广播员的好听。

没过多久，我成了禹城县广播站的广播员，第一年试用工资 16 元，第二年转正 19 元。那是 1969 年 3 月。

“禹城县广播站，现在开始广播——”我的声音传遍了全县十里八乡农户的小广播匣子。

广播站院子里有个二十多米高的电线杆，上面有朝向四个方向的大喇叭，第一次听到大喇叭传出自己的声音时，我在兴奋中想，我要为之努力。

那时，早、中转播中央台和省台节目，晚上播出我的自办录音报道。

麦收、秋收时节，我骑着自行车驮着花盘儿录音机，怕农村的土路颠坏了机器，我用自己的床单毛毯包着，去乡下采访，录下收割、晒场、农民的欢笑声，回来做出录音报道。

我走到哪儿，乡亲们都称呼我“嫚儿”，调值“一声”。山东人都把小姑娘叫嫚儿。

1971 年秋“文化大革命”后期，百废待兴，各地在恢复业务学习，我参加了山东台在济南举办的全省 128 个县播音员学习班，中央台的齐越、夏青、费继平、刘伟等，以及山东台的老师分别授课。为期一个月的学习班结业时，有个集体朗诵，我的领诵为我开启了幸运之门——1972 年 7 月一纸调令，我收拾行装告别了工作三年的广播站和乡亲们，兴冲冲地来到省会济南，成为山东人民广播电台播音员。那年我 20 岁。

我幸运地得到了老播音员徐彬老师的“传帮带”。我周日几乎全泡在办公室，从食堂打来三餐，从资料库借来“文化大革命”前的话剧录音、电影配音，如饥似渴地听着、记着、享受着……

“湘潭市郊区广播站，现在开始广播——”　肖泽红

在我的家乡湘潭市郊区，区——人民公社——生产大队都设立了广播站，每个生产小队安装了高音大喇叭，每个农户家里安装了小喇叭盒子，每天早、中、晚播放三次，主要转播上级台的新闻，播放红色革命歌曲，毛主席语录，现代革命京剧等，也有自办节目。

记得在一个夏日炎热的晚上，我坐在昏暗的煤油灯下，桌子下面放一桶凉水，把双脚放进桶内，以防蚊子叮咬。

我拿起好久未用的钢笔，拾起高中时的写作基础，将身边的先进人物、好人好事，写成新闻稿。

第二天就到邮局，买了一张四分钱邮票，一分钱一个的信封，将稿件投送到市郊区广播站。

每到放广播的时候，我就会站在喇叭下注意听。第三天中午，我听到喇叭里一位女播音员用普通话播送了我写的稿件，我的心激动得快要跳出来。

尝到了第一次成功的甜头，从此我经常挑灯夜战，不断地写稿投稿，每次都被采用了。我在全郊区范围内开始小有名气，并被评为优秀通讯员。

1975 年 9 月的一天，秋高气爽，是个好日子，我的命运出现了大转机。公社和生产大队来人到我家，叫我第二天到郊区广播站去上班，我被录用为郊区广播站的专职采编员。

这个意想不到的惊喜，使我从此与广播宣传结下了情缘。

“广济县人民广播站，现在开始广播——” 柳小平

1968 年底，上山下乡的浪潮把我卷到鄂南的广济县梅均公社梅均塆当了下乡知青。

农闲时，县里在我们塆子办了个阶级教育展览。我和一些知青被抽去当讲解员，全县组织各单位参观。我终于有机会让人知道，我会说“普通话”了。

参观的人群中有个县委会主要领导，他回县里就到广播站建议：“梅均有个高个子知青普通话讲得好，可以当广播员！”

农忙，我们又从展览会上回到生产队劳动，当播音员的梦，仿佛去了爪哇国不曾再想起。

记得马上要到国庆了，我正在地里翻红薯秧，队长老远喊我：“小柳儿，快回屋去，县里广播站来人了，找你的。”

县广播站的华老师在知青点等着我，他手里拿了张报纸递给我：“来，念念这个标题。”

我：“工业学大‘沁’，‘龙’业学大寨。”

“不对！大庆，庆，不读沁。农业，不是龙业。”华老师纠正我。

我马上反应过来：“哦，工业学大庆，农业学大寨。”

柳小平在广播站采访竹艺大师

华老师点点头："可以马上纠正过来！行！"

他又问："到县广播站去当播音员，愿意吗？"

天哪！这么简单？不是做梦吧？我简直不相信自己的耳朵。

接下来，华老师跟生产队领导商定我的工资口粮问题，约定：广播站每个月发给我 24 元工资，我作为"外出找副业人员"上交给生产队 12 元，生产队每天给我记 0.6 个工分（约合一角五分钱），每月发给我红薯 60 斤作为口粮。

妥了。

当天晚上，社员们都来送我，嘱咐我："吃得饱，就在广播站干，吃不饱，就回来！"

我嘴上答应着"哎，哎"，心里想着，就是吃不饱，我也要当播音员。

1969年国庆的第二天，我搭上生产队运矿石的三轮车到了县城，进了广播站。

我以极大的热情投入到广播站的工作。说是播音员，但我更是生产队“外出找副业”的农民，所以“一抹带十杂”，什么都干。出纳，仓库保管，架线，埋电线杆，外带编稿，值机，播音，每天都是眼睛一睁，忙到熄灯。

我心里有个小九九：只要我肯干，说不定广播站就把我留下了呢。有了这个想法，工作越发积极起来。何况我是那么喜欢播音。

那时候，县城里大街小巷都装着高音喇叭，各个角落都回响着我的声音。

每天的广播是从清晨5点开始的，开始曲是《东方红》，之后是我的声音——

“广济县人民广播站，现在开始广播。伟大领袖毛主席教导我们——”然后每天播送几段不同的毛主席语录。

接着就是天气预报，半小时的全县新闻，转播中央人民广播电台、湖北人民广播电台的节目等。晚上的广播一般10点结束，每天的结束语是“伟大领袖毛主席万岁！万岁！万万岁！”

我的声音干净嘹亮，普通话听起来也像那么回事，很快，好评如潮。但是，县里的天气预报往往不准确，我刚播了晴天就下起雨来。不知是谁给我编了段顺口溜：“柳小平害死银（人），天晴报哈汝（下雨），哈汝报天晴。”

按照县广播站与大队的协定，我的口粮——60斤红薯，每个月得自己到生产队去领，然后挑到县委会食堂，直接换成餐券，好像食堂还要补贴几斤大米票，才够我吃。

每月我去领口粮，一天来回要走30里山路，回来时挑着60斤红薯，这可不是个小力气活。

到了挑口粮的日子，我值完早班就出发。

去时容易，可等挑上红薯回县城，就不容易咯。走走歇歇，肩上的担子越走越重，脚步越走越沉，太阳落山前能回到县里，就算万幸。

领一次口粮太累了，我就动起了搭运矿石三轮卡车的主意，又快又便捷，

但这风险很大。哈，这个想法太诱人了，我决定无论如何要试一次。

这一天，我顺利领到60斤红薯，走了5里小路到达公路。

但是，卡车没有一辆停下来……

我失望至极，拍打着身上的尘土，流下了眼泪。

一个好心人跟我说，还有一条岔路也可以到县城。我一听赶紧挑起担子，就往那条路走去。

没承想，越走越觉得不对劲。这是一条两边都是灰色岩石的山路，没有一棵树，没有一丛草，看不见一个人，看不见一只鸟，放眼望去，到处都是怪石嶙峋。

这些奇形怪状的巨石好像都在向我压下来，四周安静得没有一点声响，只有我的脚步声，我心里害怕极了，不敢朝前走了，放下红薯，放声大哭起来……

终于有个路人走近了，他告诉我：“你走的路没错，是去县城方向的。”我这才放开胆子继续走。

天渐渐黑了下来，挑到一个塆子，一打听，还有武汉知青。我高兴坏了，赶紧去这个知青点。

知青点有两个漂亮的女孩小周和小戴，热情迎我进屋，还给我烧开水下面条，说：我们早就知道你了，好羡慕你在广播站工作呢。

听着，我心里五味杂陈。

大家在农村一年四季吃红薯，平时有面条哪里舍得随便吃啊！吃完饭，她俩坚持帮我挑着红薯送到县城。我们后来成了终身的好朋友。

从 1972 年开始，陆续有工厂来招工，也有大学来招生了，一批又一批的知青开始返城。县里的许多小工厂、小矿场也在知青中招人。

县里马上给我办理了到化肥厂的招工手续，领导对我说：“这下好了，不用到塆里挑口粮了，你现在是工人身份，还是在广播站工作。工人好啊，每个月有 30 斤的粮食定量，口粮比干部多好几斤呢。”

从此，我知道了“以工代干”这个词，我不再是生产队“外出找副业”的人，我又有了城镇户口，吃着工人的口粮定量，仍然干着我所热爱的播音工作。

我利用回家探亲的机会，跟着从北京广播学院毕业的省台播音员陈达时老师学习播音业务，陈老师拿出通讯《人民的好医生——李月华》，指导我反复练习。陈老师说，播得不错，到省台去录个音吧。第一次坐到了省台的播音间，我心里怦怦直跳，满头大汗地录了一段李月华的通讯。陈达时老师真的把我的录音推荐给了省台，省台的领导听了很满意，决定调我到省台。

几经周折，1975 年的 10 月，我终于登上了回武汉的“东方红”客轮。

全广播站的同事还有他们的家属孩子，都到码头去送我。轮船离开码头的那一刻，我流下了热泪。广济，我在这里生活了八个年头。

“开封市广播站，现在开始播音——”　郑瑞霞

伴着熟悉的《东方红》乐曲，我开始了一天的话筒前工作……

“开封市广播站，现在开始播音！”

这个呼号整整伴随了我 6 年。通过面前的这个小小话筒，我的声音传到了开封市大街小巷的千家万户。

16 岁就当播音员，在话筒前播着一篇篇稿件，并不是想象的那样美好。每天整版的看不懂的报纸长篇大论，我硬着头皮拿着字典词典一边念一边查。

最让我无奈的是，每天面对七八个编辑增删勾画的手写稿，那龙飞凤舞的字体，我的头都大了。一次都快到播出时间了，有一个编辑的字怎么也认不出来，当时我急得快要哭了。

最重要的是向老的播音员学习，每天坚持练声，纠正方言，学习标准普通话。那时中央台有记录新闻，为了纠正方言我就整天听林如、葛兰、夏青、方明等播的记录新闻。找出河南话和普通话声调的规律，对纠正方言起到了很大的作用。

比如：“好”的发音，普通话念上声“好”，河南话念“好”，平声。普通话的四声：妈、麻、马、骂，而河南话则念：麻、骂、妈、马。声调也有轻微变化。

四声的转换规律掌握了，就不会出现“河南普通话”的情况了。

那时，我求知心切，听说淮阳五七干校有中央电台的播音员，也在那里轮流劳动，我想，如果能见到中央台的播音员，向他们当面学习求教该多好！我和广播站的一位男播音员经台长批准后，立刻扛着行李出发了。

8 月天，骄阳似火，下了长途汽车，我们打听干校的地址，路人说还要走 3 到 5 里地才能到。全是土路，只能“腿儿”着去。

郑瑞霞在播控台

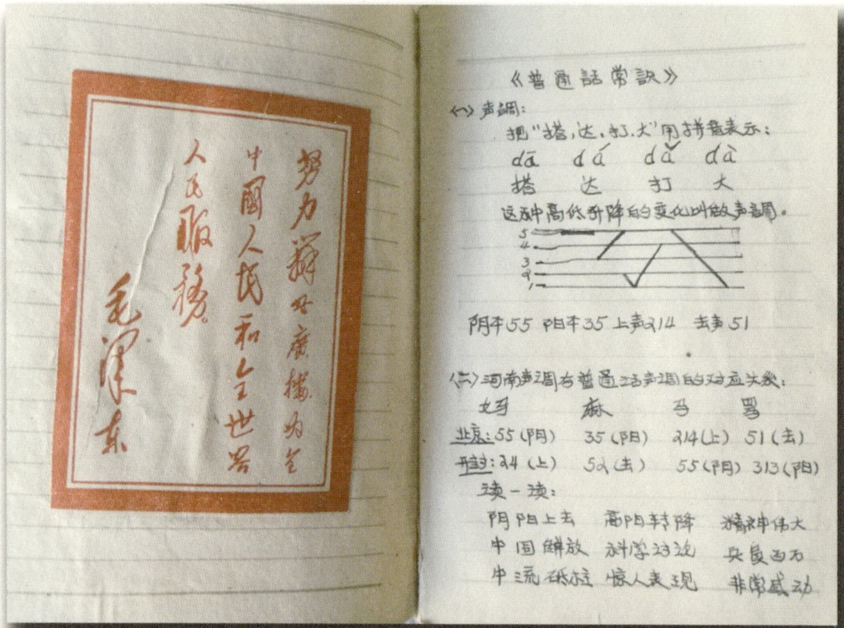

郑瑞霞当年的学习笔记

大太阳底下是一望无边的平原，赤热的土地热浪滚滚。

我俩各自扛着行李，在炎热的土路上走啊走啊，脚下的塑料鞋热得发烫。气温估计超过 40 摄氏度，一丝风都没有，闷得透不过气，几乎要中暑了。

不知什么时候天暗了，突然，离我不远的地方"咔"一道闪电划过，四周通亮。吓死我了，我本能地双手抱头蹲了下来。

随着隆隆的雷声，大雨倾盆而下，这下惨了，漫天的雨水无遮无拦地把我们浇了个湿透。

夏天的雨说停就停。我俩就这样狼狈得像两个无助的孩子，出现在中央广播局淮阳五七干校。

看我们淋得像落汤鸡，连介绍信都没要，老师们热情地接待了我们。

很幸运，正赶上我最崇拜的林如老师在干校劳动。为了辅导我们学习，领导特意安排林如老师到食堂帮厨，不用每天去大田劳动。

我们一边择菜一边聊播音，没有长篇大论，也没有讲吐字发声，林如老师就给我们示范《小马过河》的故事。一句句地教，一遍遍做示范。很有意思的是，当时林如老师的小女儿王雪纯也和妈妈一起在干校。我们一起学讲《小马过河》的故事，六岁的小雪纯显示出播音天分，大家学讲得津津有味。

一个月很快就过去了，不管是播音业务还是人格魅力，林如老师的言传身教，都使我受益终身。

"拉萨人民广播电台，现在开始广播——"　焦津胜

在赴西藏的路上，电台为了让我们逐渐适应高原气候，没有安排我们乘飞机，我们先从北京乘三十多个小时的火车到达甘肃柳园，再坐上电台派来的面包车，继续奔向拉萨。

我们走的是青藏线，现在这已是一条中外闻名的旅游线路，能在这条路上走一遭，都要说成是"信仰之旅、感悟之旅、美丽之旅"，而当时，我却什么也没感悟到，只觉得像是在走一条通往天边的路，灰蒙蒙的，总

焦津胜在播音

也走不完。

为了赶在大雪封山前进藏，我们昼夜兼程，历时七天，越过海拔五千多米的唐古拉山口，夜宿门不挡风的兵站，终于来到了布达拉宫脚下的电台。

电台在一片围墙之中。播音员的工作单调而规律，老同志对年轻人很关心，记得播音组长——一个上海男人还为我补过衣服。

当年，西藏物资匮乏，日用品靠全国支援，汉族干部每月供应的粮食中40% 为当地粮，那是一种用西藏冬小麦磨成的面粉，蒸出的馒头黏得粘牙，肉食主要是内地运来的罐头，没有水果，吃菜则要靠自己种。

台里经常组织我们去单位的菜地劳动。最考验人的是，到厕所后面的粪池里去淘粪，加水稀释后，用铁桶抬进菜地，再一勺勺浇到菜根上。最高兴的自然是收菜了，印象中在西藏种的白菜、萝卜长得特别好，比内地的大很多。

这样的日子过得也快。一年后，拉萨市要筹建电台，我被抽调过去支援。

“成都人民广播电台，现在开始广播——”　白学礼

“文革”期间，身体瘦弱、家境贫寒的我，从来不敢参与“武斗”。而之前在铁路学校学生会里分管学校广播站的经历，参与铁路单位广播站工作的经历，宣传党中央指示和毛主席思想的“文斗”经历，都使我具备了一定的普通话播音基础。

1974年，在一次基层通讯员参观电台的活动中，我被成都市电台领导选中，不经意间，成为一名光荣的播音员。

一名基层单位的普通工人，能调入令多少人向往的“上层建筑”电台工作，使我深感幸运和不易。我珍惜这一机遇，全身心投入到每天全新的工作和学习中。我从早到晚半导体收音机不离身，一遍遍地收听中央台和地方台老同志的播音，随时记下发音不准的字词，随时朗读和练习稿件的播音。对广播的热爱，使我在不懈努力的同时，又深感力不从心、进步太慢。我向成都军区文工团和四川人民艺术剧院的老师们拜师学习，来提高自己的语言水平，我渴望自己达到理想的专业目标。

我甚至向同宿舍的同事询问，自己睡觉时说的梦话，讲的是标准的普通话吗？

“浙江人民广播电台，现在开始广播——”　金重建

我小时模糊的印象里，好像问过我父母：我究竟该听谁的话，该学什么话？

我的父亲是浙江宁波鄞县（现为鄞州）人，母亲家在浙江温州乐清县，我的奶娘是兰溪女埠童家埠人，而我是在杭州西湖边长大的，各种言语交杂，方言不通，成了我小时候无所适从的最大困惑。

上小学后，我受益于普通话的推广和学习。我代表学校参加杭州市中小学生普通话比赛，得过三等奖。在杭州第十二中学就读时，班里每天有早读报时间。我一拿起报纸就能“得心应口”，同学们都喜欢听我读，我也很乐

意读。那段时间，我喜欢听收音机，每每中央台播送社论，我都会听得如痴如醉，陈刚富于逻辑的播报是我那时的最爱。于是，校广播站招广播员，我成了首选。记得有一次，我刚播完节目离开广播室，校军宣队一位营长见了我就说："播得很好！"我心中暗喜，也增添了播好每次音的信心。学校后来成立文艺宣传队，我成了报幕员兼朗诵者。

我中学毕业被分配到交通部直属汽车第八分公司汽车保养场工作后，也有早读报时间，也有一个广播站，不久领导就找我谈话，要我加入广播站工作。

没想到，我的读报情况和广播播音，被内行的老师听到了，我的录音带被送到省台，那时省台正缺男播，省台领导组织编辑部全体人员包括录音技术人员一起听，他们听后都说我声音干净，高低音都有。

我知道电台有要我的想法，却不敢多想、多问。因为那时我母亲还未"解放"，我在汽车保养场的入团问题迟迟得不到解决。父亲劝我要"一颗红心，多种准备"。大约过了半年多，省广播局人事处人员通过外调，确认我家庭无大问题，我才终于有可能被调入电台。场里的团支部这时才批准我入团。那时我的心情，已不是"喜出望外"所能概括得了的，我反而变得更"老成"了。记得临走前，场里的高工对我说，电台知识分子成堆，你可要注意，别乱说话。

电台播音组的老师们都很热情。我按照工厂习惯，叫他们"师傅"。老师们劝我别这么叫，我居然听命，开始直呼其名了。现在想来虽然这么叫也很平常，可也显得不懂规矩，应叫老师啊。

从我开始，台里才陆续选送浙江籍贯的考生进广院学习，也才有浙江籍贯的学生被台里录用。

进台后为了规范自己的语音，我尽最大努力不说杭州话，并基本停止了与外界的方言交流。《新华字典》一本本地在我手里被翻烂，封皮都磨没了，但对词语的理解感受确实加深了。那时对知识真是如饥似渴地汲取啊。

“长春电视台”“西藏电视台”　李小梅

“长春电视台……”

“西藏电视台……观众同志们你们好！”

“西藏人民广播电台……是由临时播送的……”

现在想起来，这些熟悉的播报场景已经过去了那么久。

当播音员那会儿，直播多。第一次的直播是在长春电视台（现吉林省电视台）。我是一张白纸，啥也不懂，就傻愣愣地坐到摄像机前了。那时既要当播音员，也要兼顾撤换字幕，打印节目单等工作。

后来在西藏电视台期间“兼职”就更多了。开始因为没有正规化，每天播出的稿件都是我自己攒凑编写。就连插播的音乐也是我自己去电台文艺部搜，喜欢哪个放哪个。记得当年播歌颂张志新烈士的长诗，我是用真情和热泪在镜头前朗诵的。因为西藏电视台试播期间工作量不饱满，我还曾在西藏人民广播电台兼职播出，自己取了个播音名叫“临时”。

李小梅

应考

“80后”问“50后”：工农兵学员没有文化考试吗？对，工农兵学员入学通常是没有经过考试的，只有1973年，曾尝试文化考试，而张铁生白卷事件出现，考试又废了。但，播音专业，作为有点儿艺术特点的专业，还是有面试的，至少得听听是不是普通话吧，至少得了解声音条件吧，那是对话筒前基本能力的考试，大致相当于现在的“艺考”，当然，远不如现在艺考这样热闹。那年头那考法，也是五花八门，相当有时代特点啊！对那决定命运的考试，对那没有考试却决定命运的时刻，每个同学都记忆犹新。

口试稿：《华主席为首的党中央一举粉碎“四人帮”》 敬一丹

当知青那几年，我一直想上学。那时，基层推荐、层层选拔才能成为工农兵学员上大学。如能被推荐，已经是万幸，没有什么选择专业的余地。我有几次被推荐的经历。

第一次被推荐的是沈阳铁路技术学校，我想象，进了这个学校，我将来能当一个铁路技术员，但被推荐的多，名额少，没去成；又一年，我被推荐去大连外国语学院，我很向往，幻想将来当一个翻译，又没去成；还有一个林管局的师范学校，也错过了。

那时，我没有什么职业方向，能去什么学校，将来就从事什么职业。缺少选择，是我们这一代的常态，赶上什么是什么，遇到什么就算什么。

几年过去，一个个学校与我擦肩而过。在一次次希望，一次次失望中，走到了1976年。

一个偶然的机会，我听说省电台正在招生。

我去省电台试音。播音组在松花江街那个古老的小楼的二层办公室。钟琳老师告诉我：不是省台招生，是省台受北京广播学院委托，对考生的播音业务进行考核。

北京广播学院！不知道钟琳老师有没有看出我内心的狂喜，这是我第一次听说，世界上有个北京广播学院！

难道这之前我错过一个个学校，就是因为有这样一个无比适合我的学校在前面等着吗？

我遇到了！

杜敏带我去录音，她是北京知青，被选拔到省台做播音员，她的声音好悦耳啊！我在去录音间的路上，不免有些自卑。她一直在热情地鼓励我，把我送到省台录音间的话筒前。

发给我的稿件是：《华主席为首的党中央一举粉碎“四人帮”》。

考题是“先有鸡还是先有蛋”　陈小渝

1976年下半年的一天，正在播音间播音的我接到通知，让我去参加贵州省教育厅的大学入学考试。于是我和我们台一位技术部门的同志一起跨进了省教育厅的大门。

当时我俩都挺忐忑，让去考试，考啥呢？我们都属于中学阶段空白的一代。小学毕业在家待分配三年，怎么应付这突如其来的考试呢？

当时所谓的考场就是个办公室，考官是两位工作人员。考试开始了。

考官问：“先有鸡还是先有蛋？”

我俩大眼儿瞪小眼儿，你看看我，我看看你，不知从何答起。考虑了一阵，我们最后也没答出来。

就这样，考试竟结束了。

后来给我们单位的回复说，我俩的考试不合格，没通过。

说实话，我当时还真没怎么当回事，没通过，对我们这种文化程度的人来说，太正常不过了。

谁知没过几天，省广播电视局人事处打电话来让我们去谈话，说是同意我们去北京广播学院上学了。

事后才得知，那个年代根本就不兴考试，那两个指标本来是下到广电系统的，而省教育厅为了扣下指标让他们的孩子去上学，就编了个理由用“考试”来卡我们。

幸而我们遇到了广电好领导，帮我们说话，硬是把指标要了回来，所以才圆了我的上学梦。

大批判稿我念得声震四座　唐丽珍

1976年秋的一天，公社领导找我谈话：“北京广播学院要在河北武清招一名广播员，根据你的工作表现和党员标准，我们准备推荐你去县里考试。考上了，你就将是一名农转非的国家正式干部，专业广播员。”

去县里的考生有30多人，考试也很简单，念一篇二百字的大批判稿。广播是我的长项，心里很有底，我念得声震四座。

考官很满意，向我微笑着点点头。

等待通知的日子如坐针毡。

1976年11月中旬，北京广播学院的通知接到了。

这一刹那，心里的激动高兴一起涌上心头——我，一名农村的基层广播员，终于成为了专业大学生，成为一名国家正式干部。

真是“土鸡”变成了“金凤凰”。

彩色的梦给我带来好运　郑瑞霞

调入开封市广播站工作后，我听人说，北京广播学院在开封有一个播音专业的名额。

我立刻找了单位领导：我想上学！

领导和我谈话说，不行了，指标已经下去，给别的单位了，以后再说吧！

此后我就总想着上学的事儿，特别是和我们编辑组组长曹远谋老师的一次谈话，使我更坚定了上学的决心。

曹老师年长我20多岁，是北大中文系毕业的老大学生，是同事，更像师长。他说：你现在还年轻，不要受那些“知识无用论”的影响。一定要学习文化知识，要努力争取上大学。有机会我会推荐你的。

想上学，从1975年想到1976年。

一个夏夜，我住在表姐宿舍，表姐下了夜班，天快亮了回到宿舍，一眼看到我在笑，就问我：“你笑啥呢？”

见没人回答，她走近一看，我还在睡呢！就把我叫醒了。

“我做了一个梦，”我对姐姐说，“梦里太阳很大，发出的光五颜六色，特别漂亮。我就迎着光跑，跑啊跑啊，听见有人叫我，就醒了。”

那几天总在想着这个梦。

过了几天，广播站的杨站长叫我去他办公室，告诉我：“小霞，跟你说个好事儿，有一个广播学院的名额分给咱们了，经研究，大家都同意你去。”

真的？

是这个彩色的梦给我带来的好运吗？！

考试就让我喊了几句口号 肖泽红

1976 年 11 月，中央新闻纪录片厂摄制组来我所在的湘潭郊区广播站，拍摄区委、区政府开展广播讲课的先进事迹。一天晚上，单位领导将我和另一个同事带到摄制组的住所。

我猜不出，让我们来干什么？工作人员拿出一老式的台式录音机，一个话筒，放在桌子上，让我们两人轮流坐在桌前，对着话筒，放开嗓子，高喊：“××× 万岁，×××× 专政万岁，打倒 ×××。”

当时我们也不知道是什么意思，就按照要求，大声喊完就走了。

12 月中旬的一天，我从乡下采访回来，领导叫我放下手中的工作，三天后，启程到北京广播学院新闻系播音专业学习。

面对这从天而降的喜讯，当时我脑子里一片空白，难道那次喊口号就是考试吗？后来才知道，领导考虑我是本地人，学成还能回来，所以我才有了这个学习机会。我一连几天兴奋难眠，我成了一名幸运儿，一名工农兵大学生。

高八度的播音调 秦鲁滨

“小秦，红太阳的光辉把炉台照亮！”

七六播微信群一开通，大家这样和我打招呼。听到这句话，不由得勾起我对 40 年前一段往事的回忆……

入学之前，我在陕西广播电台技术部中控室当播放员。在中控室干活的最大好处就是，每天都能亲手播放各类好听的文艺作品。每当电台开始播放李双江演唱的《红太阳的光辉把炉台照亮》这首歌时，我都会情不自禁跟着哼唱起来。

久而久之，中控室和播音组的同事都知道我喜欢唱歌，尤其是喜欢唱“红太阳的光辉把炉台照亮”这句歌词。

1976 年 6 月的一天，我换好工作服正准备去接班，播音组王大姐叫住我：“小秦，你不是喜欢唱歌吗？我听你的嗓音挺不错，现在北京广播学院正在陕西招生呢，你去试一试？”

我动心了，决定去试试。

临近考试时，我心里发慌，会考什么内容呢？再一想，既然是播音专业的考试，那一定得要念稿子。于是，我每天报纸不离手，有空就找个没人的地方，模仿播音员的腔调偷偷练习。

播音考试没有想象中复杂，考试内容：每人读一篇新闻稿，再朗诵一首自己熟悉的诗词或者诗歌。

轮到我录音了。

那会儿的播音腔调，都是高八度，所以一进到录音室，我就按自己平时模仿的，一通高喊大叫。

等到第二段朗诵开始，奇怪了，我的心情一下子平静下来，很自然地朗诵起来——

“我战斗在金色的炉台前，这里是毛主席到过的地方，亲切的教导时刻在耳边回响，革命的豪情荡漾在我胸怀，毛主席啊毛主席，您的光辉把炉台照亮！”

没有多想，有感而发，一气呵成。

当我走出录音室，整个人显得异常轻松，胸中充满了壮志豪情！

期待和等待无比煎熬……

陕西台播音组以四比三表决，通过了我的录音。九月初，北京广播学院的入学录取通知书也准时送达。

虹云老师在考场叫号 关蕾

1976年夏的一天，我们工厂广播站的楼道里堆了好多人，我问："干吗呢？"

领导说："北京广播学院来招生，你不知道？这些报名的人，都要借你们的录音间考试。你们帮着叫号吧！"

几十号人都考过了，广院的老师说："你俩忙了半天，也来试试吧。"

面对着大学来的教播音的老师，我有点紧张，念了两段不同文体的稿子。老师好像对我挺好，还问了一些家里的情况，就走了。

当时我想，这老师真好！后来才知道这就是高蕴英老师。

过了一阵，这件事都忘了。突然接到一封信，让我去广院复试。那是我第一次踏进广院的校门，又兴奋，又激动，更是忐忑不安。

记得复试的考场挺吓人！中央台的虹云老师在那给我们叫号。一大圈考官，估计除了学校的老师领导，还有中央台的很多大腕儿，反正我都不认识。

念了规定的稿件，好像还朗诵了一首诗，忘了哪首了。

后来听说，那年北京地区参加考试的人中，只有我和邱志军被录取了。

竞争对手让我忐忑 谢克荃

1976年北京广播学院播音专业在安徽招收一名学生，指标直接分到长丰县，县教委又把指标直接分配给县广播局。七弯八拐，幸运之神降临到我的头上。

我的票数最高，被县局推荐到省里参加广播学院的招生考试，同时被推荐的还有一名在下面广播站工作的播音员，算是我的竞争对手吧。

我怀着忐忑不安的心情来到省城面试现场，老师让我读一篇新闻稿。基层几年的播音经历锻炼了我，虽然稿件是当场给我的，难免有些紧张，但读着读着我便渐入佳境。

新闻稿已经读完，我还站在那儿没动，直到考官们说“你可以出去了”，我这才长长地松了口气，看着考官们的笑容，我竟然盲目地乐观起来，相信自己一定行。果然，面试、笔试（所谓笔试，只是简单回答一些文史常识题和写一段短文）、政审，一套程序下来，我以微弱优势战胜了对手，顺利拿到了入学通知书。

我被界定为“部队大院普通话”　徐小宁

1976 年是我服兵役的第六个年头，我复员回到了江西南昌，被分配到江西广播事业局。

有一天上班时，接局办公室通知，让我去电台录音间试音。面试老师随手拿了张报纸，让我念了篇文章，还问了我有什么爱好，等等。

我是因父母亲从东北军来到南方，出生在南京，后又随家来到江西，所以受父母影响，说的是普通话。

不久，我收到了北京广播学院的录取通知书。

后来，我的发音被界定为“部队大院普通话”。

浑水摸鱼警察考播音　王征

从黑龙江兵团回来后，因为父母下放到宁夏，我就在宁夏公安厅当了警察。

那时，开始了工农兵上大学，省厅每年只有一个名额。

第一年，和一个哥儿们竞争，他也是北京来的，父亲是高干，挨整的，我放弃了。

后来闹“交白卷”，没了文化考试凭本事的优势，只能靠推荐。

1975 年我因公去自治区广播局调查，正赶上北京广播学院给了宁夏一个播音专业名额。听说拿着单位介绍信就可以进去面试，我立马决定：机不可失！

我拿的是省公安厅的外调介绍信，就对广播局政治处的蔡干事说："我这个介绍信比他们那个级别高，通融一下，我也进去试试。"蔡干事很热情，带着我就进去了。

王征警察照

第一次进播音间，一张嘴，听不到自己的声音。晕！

记得给了我几段稿，我装腔作势拼命念。念完一听回放，臊得我慌忙起身就逃。

刚出门，过来个人问："会朗诵诗吗？"

"会。"我以为就是随便问问。

"会背哪些诗？"

"毛主席诗词。"

"那你进去朗诵一首。"

我心一凉，真让我念呀！长这么大，我是喜欢听朗诵，可自己是一句也没朗诵过。

没退路了。我硬着头皮又进去，念了一首毛主席的《清平乐·六盘山》。

一身大汗出来。从此落下毛病，一见话筒不敢出声。

回来不久，被领导找去痛斥"私自去电台面试，目无组织，目无纪律"。

几天后一打听，省电台领导听录音，居然选定了我——也难怪，宁夏那地方，会说普通话的就没几个。

这个名额下到单位，无人竞争——这可是回北京呀！我高兴疯了。

找领导承认错误，送烟送酒，见谁都是笑脸，争取群众推荐。

那一年邓小平搞整顿，两条路线斗争，一派同意我上大学，一派不同意，僵持不下。眼看招生快结束了，不能浪费名额呀，省招办和省电台没办法，急电正在北京探亲的一位省台播音员直接去广院报到——天上的馅饼掉到这小子头上了呀。

时也，命也——我要是那年进了 75 播，就不会有 76 播这些好同学了。

1976 年元旦后，我被派到宁夏固原县搞一年路线教育。固原是全国最贫穷的县，我分管的大队在深山里，与世隔绝，无法知道招生情况。

那些日子，我有一种痛彻心扉的无奈。毛主席的诗词六盘山就是在固原县写的。我常常跑到山上，放声狂诵、狂歌这首诗词：

> 六盘山上高峰，
> 红旗漫卷西风，
> 今日长缨在手，
> 何时缚住苍龙。

一天，大队会计飞奔而来，老远就喊："老王，公社给你的急信。"我接过一看——

《录取通知书》！北京广播学院！我呆了。

之后，我向大山奔去，跑到山顶，想喊，喊不出声，只有默默地流泪。不知过了多久。

转身下山，只见大队的几个干部趴在山腰，说是见我反常，怕我出事。

那一刻，望着他们，望着苍天，望着大山，突然，我多年的心结打开了。

第二天，十几个乡亲走了一天的山路，把我送到县城。三天后，辗转车行，我回到了银川。

临走那天，我与好友白西平在车站外的小饭馆喝了二斤酒，带上他给的一条烟、二斤桃酥，登上了开往北京的火车。

大学之路横生枝节　焦津胜

1976 年 11 月，西藏自治区电台分得一个上广播学院播音专业的工农兵大学生名额。当时单位里汉语和藏语播音员共有 4 人，从年龄等各方面综合来看，符合条件的只有我一个，因此，领导很快就做出让我去广院学习的决定。

可我还没来得及兴奋，事情就横生枝节。

有位藏族女播音员找到单位领导，强烈要求优先考虑女性和少数民族，希望把这个名额给她。领导一时左右为难。

正当我以为自己恐怕要与这次机会擦肩而过时，天降好运，上级又分配来一个上北大哲学系的名额，领导立即把名额给了那位藏语女播音员的丈夫（同单位技术人员）。

于是皆大欢喜。

尘埃落定之际，我最高兴的是，很快就可以回北京见到家人了。至于说“圆上大学的梦想”，老实说，此前这个梦还真没做过。

毛主席逝世治丧期间，我得知被推荐去广院　侯玉茹

我从兵团到内蒙古电台，面试我的一位是播音组长，一位是政工干部。他们把我带到乌拉特前旗广播站录了音，接着要我再唱一首歌。我当时慌了，我唱歌跑调啊！

我壮着胆子问：“唱歌干吗？”

“听听你的高音。”播音组长说。

我说：“我朗诵行吗？”

他回答说：“可以。”我就朗诵了一首毛主席的诗《清平乐·六盘山》。

没过多久，我就成为了内蒙古人民广播电台播音员。

1976 年 9 月 9 日毛主席逝世，在整个治丧期间，台领导派我回京，每天到六部口的电报大楼往台里打长途电话，告知中央人民广播电台的播出内容，

以便和中央台保持一致，不犯错误。

有一天台里的一位领导到北京出差，见到我说，北京广播学院给了一个播音专业的名额，领导和组里同事觉得你去比较合适，但没最后定。

我听了心里动了一下，但又冷静下来，能够在内蒙电台工作我已经很满足了，哪敢有再上学的奢望？回到台里后才知道，真的是推荐我上北京广播学院读书，我好一通激动啊。

三代才等到我这一个大学生 董传亮

1976 年元月，我到甘肃省电台里做了一名播音员。九月下旬的一天，领导通知我“去北京广播学院上学”。

我开始不相信这是真的。当时的甘肃人民广播电台，包括我一共才三个男播音员，工作量非常大，哪可能再抽出一个人去上学？

直到领导把录取通知书递到我手里，我才相信——这是真的。

领导说：“现在工作量是很大，是缺人手，但从长远来说，还是要培养人才，这是组织上为你争取的名额，是你深造的好机会。”

两位老播音员也都表示：“我们愿意承担更多的播音任务，不能耽误你学习的机会。等你回来了再好好工作，报答大家吧。”

当时我真的特别感动，表示自己一定不会辜负组织的期望，好好学习，等毕业回来以后好好工作。

去北京上大学，是我从小的愿望，而今天，这个愿望就要实现了，我激动得双手颤抖，不知当时是怎么走出领导办公室的。

没等下班，我就骑车回家了，把这个好消息报告给爷爷奶奶、爸爸妈妈，我们家三代才等到我这一个大学生，全家像过年一样开心。

“读了大学回来还不是当播音员”　柳小平

我调入湖北省电台，几个月的时间，就上了全省联播。

1976 年 9 月，台领导找我谈话，说组织上决定推荐我到北京广播学院去上大学，学习播音专业。

啊，到北京，上大学！这真是让我欣喜若狂。我马上回家向父母报告这一喜讯。

没想到母亲说：“我不同意你去。你都满 24 岁了，按我们山东老家的说法虚岁 26 了，读完书回来就 28 了，你个子又高，上哪里找对象啊。再说，读了大学又怎么样呢？还不是回来当播音员。”

这话怎么这么耳熟啊？对了，当年在广济，领导也是这么说的：“读了大学回来还不是当播音员。”我说，正因为我要当个好播音员，我才一定要去上这个大学，我的大学梦这一次一定要实现。我非去不可。

我和母亲打起冷战来，我兴高采烈地收拾行李，母亲却不动手，也不理我。

我理解母亲。我小时候喜欢游泳，10 岁时横渡长江，参加武汉市少年游泳比赛还得了冠军。省体委派人找到我家动员我当专业运动员，我母亲说，不行，我们家孩子学习好，将来她是要考大学的。现在，她却觉得我上大学一走就是两年，会耽误我找对象结婚的终身大事。

母亲不理我，我也倔强着不理她。直到我登上去北京的火车，我们母女都没说一句话。

阴差阳错的选择　王亚平

1976 年，我在医院化验室的工作进入了第四个年头，每天熟练地操作着化验设备。我期盼着这年的大学招生消息尽快传来。

11 月前后终于传来大学招生的消息。我赶忙递交申请报名河北医大。万分焦虑等待中却得到了令人沮丧的信息，医大名额有限，争夺激烈，录取希望渺茫。就在这时亲友透露了另一个消息：还有一个学校在招生，专业是广播员，要不要去试试？后来我才知道，我们廊坊地区在全国属于普通话基础较好的区域，每年都有推荐广播员的指标。当时我对播音这个职业完全没有概念，而且觉得离我的医生之梦差之千里。毫不犹豫，拒绝考虑！

这时父母出面了：女孩子学个广播员也挺好的，不如试一下吧。经过一个通宵的犹豫，要上大学的迫切渴望终于使我无奈地接受现实，带着不自信走进了一个小小的考场。一位招生女老师递给我一篇报纸新闻稿让我读一读，幸亏有经常在单位读报纸的底子，一路顺畅地读下来，抬头看看，老师挺温和的。

几天后我接到了高等学校入学通知书，我被北京广播学院播音专业录取了！

命运就是如此捉摸不定，本想从显微镜到听诊器，没想到竟变成了麦克风！

赴校

终于，要上学了。上学的路有多远？面对这个问号，有两种回答。一种是：在那文化浩劫的年代，从小学到中学，中间隔着“停课闹革命”，从中学到大学，中间隔着当知青当兵当工人，怎么衡量得出有多远呢？第二种回答是关于时间空间的，同学们在不同的时间、不同的方向朝着北京集结，不知是各地招生进度的差异，还是粉碎“四人帮”大事的影响，那届学生报到时间哩哩啦啦，有的是1976年秋报到的，有的是年底报到的，还有的是1977年初报到的，不规范，很任性，居然成了跨年报到。大路小路通北京，路上都有新故事。

“广播学院——我来了。” 唐丽珍

北京广播学院是个什么样子呢？在俺的脑子里特神秘，特朦胧。

拿着录取通知书，俺脑子里勾画着北京广播学院的样子：高高的大楼，有山，有水，有花，有草，有树木……

带着这种好奇心，俺背上行李，提着脸盆、暖壶，离开天津武清，坐上了去北京的长途汽车，经过两个小时的行程，来到了坐落在通县的广播学院。

一进学校大门，我如同《红楼梦》里的刘姥姥，东瞧瞧，西看看。高高的大楼，密密的树林，干净的校园马路。和俺农村低矮的土坯房，黄土飞扬的土路比，真是太美了。

一想到俺能在这里生活学习两年，心里那股高兴劲就别提了，从内心高喊——

“广播学院——我来了。”

先去看天安门，还是先去学校报到？ 敬一丹

1977 年元旦过后，我脱去东北林区的劳动布工作服，换上妈妈给我的黑色外套，登上了有着神圣色彩的 17 次列车，去北京了。

一路感慨，一路想象。

出了北京站，犹豫着：先去看天安门，还是先去学校报到？

还是先报到吧。大 1 路车一路向东，怎么越走越像乡下？郎家园、定福庄、梆子井，那一片菜地后面的灰楼，就是北京广播学院吗？

报到的时候，老师和颜悦色：“哪个省来的？”

“黑龙江。”

“家在哪儿？”

“哈尔滨。”

“原来做什么的？”

“知青。”

“这东北味儿！你口音很重啊！”

不敢吱声了。心想，我有口音吗？我是俺们那疙瘩口音最标准的，再说，哈尔滨话不就是普通话吗？

后来我才明白，我回答问题的最后一字恰巧都是一声，阴平，最容易暴露东北话特点。而当时更严重的问题是，我根本就听不出东北话和普通话的区别。

就这样的低起点，我走进了当时广电的最高学府。

20 元钱与 20 个鸡蛋　肖泽红

接到入学通知书，我一连几天沉浸在喜悦和兴奋中。买好了长沙至北京的特快火车票，告别了单位的领导和同事。

临行时，亲戚、长辈、姊妹、邻居都来我家里送行，母亲将煮熟的 20 个鸡蛋和大家凑给我的 20 元钱塞进我的行囊中，眼里含着热泪说：“崽，家里冇（没）得钱给你，你带上这些鸡蛋，车上吃吧。”

我也噙着泪花说：“娘，我已经参加工作了，有钱，你放心吧。”

当天晚上十一点多钟，我登上了去北京的火车，从此开始了人生新的一段旅程。

虽不是平生第一次坐火车，但却是第一次出远门。

火车向着北方飞快地奔驰，窗外一片漆黑，偶尔看见远处稀稀落落的灯光。同车厢的旅客，有的伏在茶几上睡了，我一丝睡意也没有，脑海里充满着对未来生活的遐想。

不知不觉中，天渐渐地亮了。我从行李中摸出几个鸡蛋，就当早餐了。

白天，火车像一条巨龙奔驰在祖国辽阔的大地上。车窗外，一眼望不到边的平原，偶尔看见几幢房屋。在经过一个又一个车站时，看到的多是大幅毛主席语录，以及大字体的“文化大革命”“阶级斗争”的标语。

中餐和晚餐，火车上虽有饭菜供应，但我身上只有 20 元钱，这可是上学的费用啊，我哪舍得花！

看着别人吃着香喷喷的盒饭，我心里有着别样的滋味。只好口渴时，喝口白开水，饿了，吃几个鸡蛋充饥。

第二天晚上八点多钟到达北京火车站，二十个鸡蛋我全吃光了。

下了火车，已是晚上，没有公交车到学校了。等了一会儿，与几个顺路的旅客搭乘一辆老式油布蓬北京吉普车，经过大约一个小时的车程，汽车在一个大门口停下。司机说，到了。

刚一下车，首先映入眼帘的是，不高不大的校门，挂着一块牌匾，上书“北京广播学院”六个大字。

闻过酒糟味儿，再往东　杨曼

1976年10月，我到广院报到。那时人们都沉浸在一举粉碎“四人帮”的激情中。

当年的广院四周都是庄稼地和菜地，马路很窄，一过大北窑，一股股的酒糟味儿，是从北京二锅头厂（现如今的红星二锅头）散发出来的，闻过这股味儿再往东，就到了北京广播学院。

晚秋时节，一群群稚气未脱、朝气蓬勃又带点儿土气的年轻人，从祖国的四面八方涌进了广院的校园，那是我的同班同学啊！

每到早晨排球场、小树林儿间传出了琅琅的“八百标兵奔北坡，炮兵并排北边跑”的声响，给校园带来了生机和活力！自此开始了我一生难忘的大学生活。

第一次出新疆，第一次坐火车　韩菊

我接到了北京广播学院的入学通知，心里别提有多高兴了。也许妈妈比我还高兴，她是老师，她多么希望我能读大学呀！这个梦想终于要实现了，我要去北京读大学了！

再见，美丽的特克斯！再见，美丽的新疆！

那时，从新疆到北京，好远啊！第一次出新疆，第一次坐火车，78个小时的漫长旅途，没有同伴，这让我除了激动之外还有一点儿紧张。我记得播音组组长送我上火车，组长细心叮嘱我，中途停车如果下去活动，一定不能走远，要注意听广播。还教我怎么锁厕所门……这些细节，对一个独自远行的女生来说，真是太重要了。我至今都难以忘怀，一直感恩。

我登上火车，经过了白天黑夜，经过了大山平原，奔向北京。也算是搭上了工农兵大学生的末班车。

入学通知书，丢在了新疆　马进德

1976年深秋，我怀揣北京广播学院的入学通知书，上路了。

从边城伊宁市坐了整整3天长途汽车，来到首府乌鲁木齐。路边高音喇叭里时不时可以听到郭沫若的那首《满江红》："大快人心事，粉碎'四人帮'……"　我在火车站附近一家旅社住下。那个时代，旅社可以安排陌生人同住一间客房，傍晚又住进了一个人。此人身材瘦高，头发蓬乱，胡子拉碴，自称是兵团知青要回内地探亲。

一路兴奋的我，谈兴也浓，对他谈了自己从哪里来、要到哪里去。

第二天早上，那人说要急着赶火车就匆匆走了。

午饭前，我又一次整理了一直贴身背着的书包，把包里的户口迁移证明、入学通知书、少量的钱和粮票等，又"检阅"了一遍。

将书包压在枕头底下，锁好客房门出去买点零食。

回到宾馆，我傻眼啦！

门开着，枕头被掀开，书包不翼而飞。

天呐，怎么上学啊！当时我如五雷轰顶，脑子一片空白。

赶紧去问服务员："我明明锁了门，门怎么是开的？"

服务员却不急："和你一块儿住的旅客要进门，我开的呀。"

啊！他不是走了吗？噢，虚晃一枪。上当了！“明修栈道，暗度陈仓”可能就是这个意思吧。

我赶紧报案，也给北京广播学院保卫处打电话，广院说，你只管先来报到。

我总算安心地到了北京广播学院。

没想到，这件事居然还有续集。

到校学习都有大半年了，保卫处突然告诉我，去年上学路上丢失的东西找到了。

啊？怎么可能？

保卫处同志说，收到了甘肃天水铁路公安寄来的函件，里面有你所有的证件，只是没有钱。有个男子声称是捡到的，把包交给了铁路警察。

这小偷，多少还有点良心或“职业道德”，把户口迁移证明和入学通知书归还了当事人。他可能也想到，那年头，上个学，不容易啊！

怎么一见“绿军装”，就在意呢？ 柳小平

湖北台是有培训播音员计划的，北广74级、75级，都有湖北台播音员在上大学，我是76级，没想到是最后一届工农兵大学生。

1976年12月，我到了北京广播学院，人生地不熟，我提着脸盆行李站在学院大门口传达室，等75级湖北台的同学来接我。

这时，迎面走过来一位穿着一身军装的男同学，挺神气的，他上下打量了我一眼，就过去了。我低头看看自己，穿着一件黄色对襟棉袄，翻着红色假领子，围着一条绿色围巾。

我突然觉得自己好土气啊。可我怎么从武汉到北京一路上都没觉得自己土气，一见到那个穿军装的男同学，就在意起自己的打扮了呢？

晚上，湖北籍的同学都来宿舍看我，“绿军装”也来了，哦，他也是湖北来的学生，叫柳小满。

后来，有了很长的故事。

半夜三更，报什么到 王征

1976年12月，我离开宁夏赴京上学。临走那天，我与好友白西平在车站外的小饭馆喝了二斤酒，带上他给的一条烟、二斤桃酥，登上了开往北京的火车。

出了北京站，上了312路汽车，已是末班车。

没有路灯，车窗外一片农田。司机狂开，售票员打盹，开了半天也不见停车，也不知道到哪儿了。突然，一个女人大喊："过站了，快停车，我要下车！"

车靠边停下，我赶紧问售票员：到哪儿了？

一听是"梆子井"，我赶紧说"我也下车"。司机骂骂咧咧又开了次门。

下车后，我想追上那个女人问问路，发现她走路开始不正常，老回头看——显然她是把我当坏人了。

我只好作罢，让她跑远了，才继续走。

找到广院西门，大铁门已锁，喊了几声，没人理。

"噌噌"几下，我翻门而入。

刚一落地，从传达室冲出一人，手持木棍向我而来。我大喝一声："站住，我是来报到的。"

"半夜三更报什么到。"那人叫来了保卫处的，我把通知书递过去。看完，他们把我安排到广院对门的招待所。

第二天，陆老师来接我到学校，让董班给我安排宿舍，还给了我一些饭票，让我先上课。

我走进教室，看见的是满班诡异的目光。

董班很热情，说马上就安排好宿舍，谁知这"马上"就是一周。我每日住在招待所，有时倒杯开水，拿出梆硬的桃酥在桌角上使劲磕几下，磕碎了，泡水里吃。

终于有一天，董班接我进了宿舍，我成了他的上铺兄弟。

到北京，恍若隔世　李小梅

北京广播学院给了西藏电视台一个名额。初创期的西藏电视台，一时无事可做，没人和我争，没有考试，“头儿”说让我去上学，我就上学了。

当年的西藏交通闭塞，甚至没有现代“驴行者”的通达公路。想买一张出入藏的机票，可能比今天北京摇车号还难。

西藏当年在兰州和成都都设有办事处，专为滞留等待飞机的人们安排住宿。还记得办事处内的景象，衣服被子晾晒得到处都是，锅碗瓢勺随处可见，有点像难民营啊。

等吗？时间有限，等下去，就会延误入学时间。于是，我就搭了一辆去格尔木拉货的大卡车，背着我的行囊上路了。

无知者无畏。

一路没有伙伴同行。有的只是苍茫大地，皑皑白雪，还有成群奔跑的黄羊。翻越海拔五千多米的唐古拉，路宿兵站、小驿……不记得有高原反应，可能是因为我身体好，也可能是因为我除了好奇，还来不及思想。

只记得有一夜，黑灯瞎火的入住兵站，寒冷无比。安排我睡在一间宽大无比的空房间内。冰冷、寂静……我有些怕，有些想家。但很快就迷迷糊糊地睡着了。兵站，是最有安全感的地方。

货车把我拉到了格尔木，当年，那里还仅仅是连接青海与西藏的中转小镇。几经周折，总算是买到了去青海西宁的长途客车票。那是一辆丁零当啷乱响的大破车，车上挤满了乘客。很冷，我记得车窗上结了厚厚的冰霜，看不到外面。

摇晃到西宁，我是凭借什么本事找到的客店，又是怎样买到的火车票，这些细节都忘记了，但有一点是肯定的——“一票难求”，什么票都不好买。

好不容易弄到票。从旅店去火车站的那段路，我是凭着一己之力，两只包轮流挪动，挪到火车站的。

乘上西宁至北京的列车，恍惚又回到了曾经熟悉的社会，舒服多啦，不再“颠沛流离”。

从拉萨到进京这一路，到底走了多久我不记得了，半个多月总是有的。吃的什么更是不记得。奇怪啊，那样翻山越岭的路途，竟然没有“坏人”！反正我是无病无灾，傻人傻福。这在现如今是多么不可思议的事。

当再到达北京时，我感觉恍若隔世——熟悉无比，却又与我走来的拉萨是那么遥不可及。

在北京的茫茫人海中，我扛着行李包到处打听，最终到达了位于椰子井的北京广播学院，走进了一个全新的、文明的所在。

回想那一天，我一定像个流浪儿那么脏。半个月来我都是和衣而卧，没洗过澡。

永远记得第一眼的校园，第一眼的208宿舍。小小灰色的校园，闪烁着橘黄色灯光的宿舍，走进你，我感觉像是踏入了家门。

那年，我二十一岁。

进京，捎带一群西藏娃　张利民

1976年的秋末冬初，我经组织推荐到北京广播学院学习深造，成为一名光荣的工农兵大学生，激动之情无法言表。

我本是北京市顺义区杨真乡人，1974年经考核应召到西藏人民广播电台做播音工作。我们一行七人也是在深秋时节，远离父母家人，在招工人员带领下，满怀憧憬、无忧无虑、一路歌声，来到拉萨——来到西藏人民广播电台。

两年的艰苦奋斗，两年的探索前行，而今能到大学系统学习播音理论，又能探视久别的父母，与家人团聚，高兴之情可想而知。

然而，上学之路并不是一帆风顺。

在离开拉萨临上车时，区招生办的工作人员塞到我手里一份名单和一张介绍信，并告知，北京来带队的招生人员因高原反应，提前返回了北京，因此临时决定，由我带领一车学员进京。

这一车学员二十五六人，我年龄最长，二十岁，其余大都是从西藏偏远地区到北京上学的藏族预科班学员，年龄只有十五六岁，基本上不会讲汉话。

语言不通，我可怎么带好他们呢？我平生第一次知道了什么叫愁！

好在他们年龄较小，尊我为大哥，又都是第一次离开父母，比较听话。另外还有一位小助手，是北大图书馆系的小学员，名字叫央金，从小在拉萨长大，是个汉语通。许多注意事项、日程安排，都是通过她传达给小学员的。

为我们开车的是一位老司机，五十多岁，高高的个头，长方脸，东北口音，非常善良。可惜他的名字记不清了。他曾参加过1962年中印边境自卫反击战，常给我讲一些自卫反击战的故事。他识字不多，但毛泽东语录和毛泽东诗词却背了不少。

汽车沿着青藏公路一路北上，当雄——那曲——唐古拉。当时的青藏公路没有一寸柏油路，都是沙石路面的“搓板”路，道路坑洼不平，晴天一身土，雨天两脚泥。行进在这样的路面上，汽车上窜下跳，左摇右摆，颠来倒去。人坐在车里像是坐进了摇煤球的筛子。手必须时刻抓紧扶手，否则头随时都有撞向车顶的危险。

“唐古拉，唐古拉，伸手把天抓。”汽车来到了海拔五千多米的唐古拉山口。车在山腰走，云从脚下生，这里在雪线以上，积雪常年不化。恰巧前几天下了场雪，雪虽不大，但还是结了一层薄冰，车在冰上行驶，车尾左摆右甩，纵使是开车多年的老师傅，也倍加小心，不与我们说笑了。

车过唐古拉，离西藏越来越远，也越走越荒凉，仅有的放牧的牛羊也不见了，地上只有一片片的苔藓和裸露的岩石，远处偶尔有几只藏元羚和藏野驴跑过。满车的小学员渐渐淡出了刚上车时的新鲜感，车内气氛开始沉闷起来，有的开始哭泣，想家了。

为了活跃气氛，冲淡他们的思乡之念，我只好求助我的小助手央金，请她带头唱起藏歌，一传俩，俩传仨，慢慢地歌声响遍整个车厢。

我们的汽车穿越大山、戈壁、盐湖，一个星期后来到了甘肃柳园火车站，顺利办好硬座车票，登上了进京的列车。

柳园到北京还有三天四夜的路程。

上火车前，我把坐火车的注意事项告诉大家：第一，不准在车厢内乱跑、打闹；第二，不准脱鞋；第三，保管好车票；第四，有事报告。

上火车时大家按部就班，找好座位，放好行李，坐好了，非常守纪律。可是火车一开动，就把我的约法三章忘到了脑后。

也难怪，这些藏族娃娃大都是第一次看到真实的火车，并坐上了火车，能安分吗。一会看看这儿，一会摸摸那儿，一会在通道跑一跑，一会站在座椅上跳一跳，一会又挤在车窗处往外看，闹得不亦乐乎。任我怎么制止都无济于事。

与我们同一车厢的乘客，大部分是新疆生产建设兵团回乡探亲的老兵。得知我们一行是西藏进京的学员，对我们非常照顾，看我急得满头大汗，便大度地说，没关系，让他们闹吧，闹累了就不想家了。对老兵们的大度我只能报以歉意的一笑。

正说间，几个小学员为争看窗外美景，将新疆老兵印有“生产建设兵团”字样的喝水缸子连同食物，一起推到了车窗外。我赶忙道歉。可他们还是那句话，没关系，让他们闹吧，闹累了就不想家了。

就这样，三天四夜的火车上，小学员们走一路闹一路，面对祖国的大好河山，看到哪里都好看，看到哪里都新鲜。

而我，则每过一站清点一次人数，每一天清点一次人数，直至北京。

车到北京站，与前来接站的各学校人员办理完交接手续，我如释重负，满身轻松地来到了我魂牵梦萦的大学——北京广播学院，开始了我的大学生活。

我们搭上了工农兵大学生的末班车　王福生

1976年的10月，辽宁省组织了北京广播学院招收大学生的播音专业考试，省市电台都有些播音员来参加。记得当时是以面试为主，经过选拔、推荐，我又一次被幸运之神眷顾，台里最终推荐了我去上大学。

当我接到北京广播学院的录取通知书后，高兴得几天几夜睡不着觉——我承载着那个特殊年代的光荣与骄傲，非常幸运地成为了中国历史上最后一批工农兵大学生。

1976年11月末，我告别了第二故乡沈阳，踏上去北京的征程。

王福生赴校路上

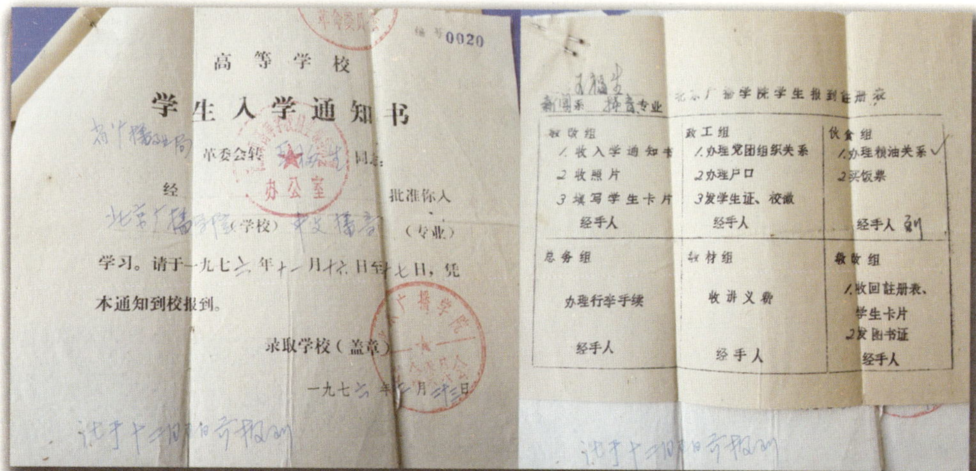

王福生北广入学通知书、北广报到注册表

正传

我的青春 我的课

上课啦

上课铃响了。

不久前，我们分散在东西南北，而此刻，我们回归了同一种身份：学生。久违了！

自从遭遇“文革”，上课这件事，就远离了我们。停课的日子，街上游行、斗走资派、大学生辩论、宣传队演出，我们这帮孩子看热闹时，并不知道这是悲剧，那感觉就如同姜文的电影所描述的，是阳光灿烂的日子。

很多同学小学高年级的课没有上过，却在小学滞留到七年级；上中学了，却没有教科书；等到课本了，在学校的日子却没有多少天了。后来就分别成了工农兵，上课的铃声，更遥远了。

我们这些工农兵学员，哪个人的上学史不是这样断断续续的？

终于，在北京广播学院，又听到铃声，上课了。

我是“福兰地” 肖泽红

开学第一堂课，我脑子里一片空白。跟随同学们走进一间小教室，只见一位中年男老师已端坐在讲台上。他中等身材，头发有些斑白，腰板挺直，面带微笑。

老师用浑厚而洪亮的声音自我介绍：我叫张颂，欢迎同学们来到北京广播学院播音专业学习。请同学们自我介绍一下吧。

同学们一个接一个都用比较标准的普通话做了自我介绍。

轮到我了，我用浓重的湖南口音普通话——俗称“塑料普通话”介绍说：“我叫肖载（泽）红，是福兰地（湖南的）。”

立即引起了哄堂大笑。

直到四十年后，同学们聚会时还在取笑我“福兰地”。

我从小生长在湘潭农村，上学时虽然学过汉语拼音，但只会用于查字典，日常生活中全是说湘潭方言。76播同学中，多数是直接从各省、市广播电台或是基层广播站播音岗位选拔来的，而我未从事过播音，语言和业务方面的巨大差距，给我带来沉重的压力和包袱。我暗下决心，一定刻苦学习，学好普通话，甩掉这个包袱。

每天早晨，我总是第一个来到校园的核桃林，一遍又一遍地练习绕口令，待其他同学来了，请他们指导和纠正我的发音。

晚上，同学们回宿舍休息了，我一个人还在小教室对着话筒用录音机反复播稿练习。

被陆茜老师“骂”哭了 韩菊

记得那是上新闻播音小课，小课老师是班主任陆茜。

一直以为自己在广播站干了近四年，又调省台一年，声音干净响亮，在课堂上播稿我还挺自信，没想到第一堂课就被陆茜老师“骂”哭了。

我一张嘴，她就说声音太尖，让她脑仁儿疼，几次开口，几次叫停。我自尊心受到很大打击，眼泪止不住地流，本来沾沾自喜的我，一下像泄了气的皮球，当时想干脆回去算了。可又一想，台里送我来上学多不容易，不能半途而废，老师也是为我好。

接下来，我开始每天认真练声，但练了一段时间自己越发没感觉，以前的感觉一点儿也找不着了。

一次小课上，陆老师可能看出我的无助，就说：你去找张颂老师请教一下。

当时我还不敢冒昧地直接去找，但一天早练声时，突然看见张颂老师朝我走了过来，他面带微笑问我：遇到什么问题了？我声音颤抖地告诉张颂老师，我的声音怎么练也沉下不去，声音很尖。

张颂老师让我别急，先找几个上声字练，比如“好”“海”，因为上声字是“2–1–4”，中间的1是一定要往下走，如果声音气息不往下走，上声字是发不对的。要感觉声音沉下去，感觉到丹田的震动。因为“气动则声发”，没有气息声音是发不出来的。

后来我才知道，陆茜老师已经跟张颂老师说过我的问题了。从那时开始，我早练声时先练气息，找到感觉后，开始练上声字。我逐渐认识到播音是一门艺术，并非一日之功所能达到。

我的“破”嗓子　王亚平

人们对于播音员、主持人的认识，大概都是要有天生或甜美或高亢或雄浑的出色音质，达不到这个要求就别来混。

我自觉嗓音条件一般，没有高音，低音无特色，中声区也没啥表现力。上学期间，深度的自卑感贯穿始终。

那时“文革”余风犹在，新闻播音强调要高八度，不然无产阶级立场和态度都有问题。我的声音特质远远达不到标准，每当播读稿件，我的声音一会儿劈，一会儿破，总是战战兢兢地应付。

我跟陆老师请求换专业，但完全不现实。我说嗓子有毛病，可能需要治疗。老师说，你不要背负那么沉重的负担，首先解决气息的通畅问题，平时多下功夫练声吧！

每天早晨练声，我要解决尖音，诸如带有"j、q、x"及"z、c、s"的词汇，并练习寻找气息下沉丹田的感觉。经过长时间练习，声音的稳定性进展不大。

一日，校方请来嗓音治疗专家王振亚为同学们检查声带，我听到消息着实兴奋，感觉这下有救了！而我检查后被告知，没有问题。我不相信，请求重新检查一次。再次测试检查，结果：没有生理问题！

我不得不服气了，是我用声习惯和方法有问题，气息太高导致声音紧迫，共鸣腔没到位，而出现破音现象。

此后，我把气息练习提到首位，解决头腔共鸣位置。后来，不知不觉中完成了气息贯通、共鸣集中，由此进入了声音使用的自由舒畅状态。

刚入学时，学校给每个同学录音留作声音档案，以便日后对照检验。那天老师布置了稿子要大家熟悉准备，我拿到手上看没有不认识的字，上口念了几遍就等候进入录音间。看着同学有的高声朗读，有的默读思索，信心满满地进出录音，我的小心脏不自觉地加速跳动。

终于轮到我进去录音了，只见房间里面空空荡荡的，一张木桌上摆放着一只尺把高的话筒，透过玻璃窗，能看到外屋技术人员操作机器录音。此刻的我紧张得有点发晕，嘴巴不受大脑支配，一路磕磕绊绊乱七八糟上气不接下气读完了稿子，之后涨红着脸夺门而出！自己当时到底是一个什么囧样全然无知。

话说到了毕业前夕，陆老师说："你们经过了两年播音专业的系统学习，该是到了检验成果的时候了，今天把大家的原始录音播放出来，自己可以对照一下看进步多大，改变在哪里。"

我既期待又忐忑，当初的自己究竟是什么样子？那未经雕琢的原始录音一定是极度青涩难听！

果不其然！学前有播音经验的同学两年来变化不是太大，而像我这样从未接触过播音的同学声音一经播放，立刻引发阵阵笑声！有人问：这是你么？真的是你？哈哈哈哈哈……我边尴尬边禁不住笑得眼泪直淌。那时候的我河北地方口音好重哦！尖音那么明显，咬字那么含混，声音那么颤抖，什么基调断句重音情感简直一无是处！

“你这两年的进步好大呀！完全听不出那是最初的你！”笑过之后，老师和同学给予了我这样的评语。

实践中我领悟到，学播音、搞声乐，并没有什么严格的嗓音界定，只要你学会运用自己独特的条件，无论高中低音，都可以闯出自己的一片天地。

齐越老师带我播通讯　马进德

1977 年，我在播音泰斗齐越老师讲授通讯播音大课的课堂上、课堂下，通过他手把手一对一辅导，深切感受到了通讯播音的真谛。

当时先是在大教室里，齐越老师结合他播过的优秀通讯作品，如《县委书记的榜样焦裕禄》《铁人王进喜》《植棉能手吴吉昌》等，讲授他独树一帜的通讯播音理论，时不时现场示范播讲。记得先生当时解开外衣，把一条

齐越（左）秦音滨（右）

备好的长长黑布带子紧紧环绕绑在了腰间，说是为了更好地聚集运用丹田气。齐越播音，情感恣意汪洋，内容讲述摄人心魄，一般听众绝难逃出他激情大网的笼罩，只能被其捕获、融化、说服。

那是多么幸运的时刻啊。我们就面对讲台，坐在他的当面。当他播到焦裕禄在兰考火车站看到大批灾民外出逃荒要饭，觉得自己失职，对不起党和人民那一段内容时，他眼含泪花，声音颤抖，但语句表达依然行云流水，同学们听得也落泪了。

之后他带着同学们进小播音室，教大家怎么播。播的内容是《人民的好教师马老师》。刚开始几段我播得他不满意，说太平铺直叙了，感情不到位。接着他不厌其烦，多次讲解示范，并且鼓励我要放开，大胆播。我终于鼓足勇气，倾注感情，全力一播……

我这辈子都忘不了，齐越老师居然评价说："好的，小马，通讯就要这样播。"

先生的激励给了我久远的影响。毕业到了电台播音几十年，我一直是比较擅长播送通讯的。齐越老师，师恩难忘。

齐越老师让我明白：这就是京味儿　侯玉茹

记得那是刚进校不久，一天晚饭后我提着热水瓶到锅炉房打开水，远远地看见，齐越老师也提着热水瓶朝锅炉房走来。我赶忙迎了过去，毕恭毕敬地叫了一声"齐老儿（老师）"，准备接过老师的热水瓶，帮老师打水。

没想到，齐老师没有答应，而是一脸的严肃，问了我一句："你叫我什么？"

我当时蒙了——我没叫错啊，是齐老师啊！

就在我一脸茫然的时候，齐越老师语重心长地对我说："你现在已经是播音专业的学生了，平时也要注意说普通话啊。你刚才叫我'齐老儿'，那是你把老师的'师'字吃掉了，这是北京人发音的习惯。"

噢，我这才明白齐越老师一脸严肃的原因。原来这就是京味儿啊。

我 16 岁就离开北京到内蒙古生产建设兵团锻炼，但是乡音未改。1974 年进入内蒙古人民广播电台，虽说担任播音员发音还算标准，但是同事说我，讲话还是有北京味儿。

什么是“北京味儿”？我一直没太搞明白。直到这次水房前偶遇播音前辈齐越老师，我终于才算明白了什么是“北京味儿”。

从那儿以后，我很认真地上吐字发声课，注意发音的规范。毕业后从事推广普通话工作，每当讲到北京话和普通话的区别时，我都会把在学校打水遇到齐越老师的那一幕讲给学生听，和学生一起，永远记住老师的教诲。

“反动学术权威”的课 金重建

76级播音班作为末代工农兵大学生，实际上并没有那种想占领大学和老师对着干的劲头，有的只是如饥似渴向老师求教的期待。

我是1977年1月3日才到广院新闻系播音专业报到的，上课那天先到六号楼播音系教师办公室等候，看见桌上有一本字典就顺手翻起来。

正翻着，走进一位穿着黄色泛白军装、头上已有些许白发的老教师。由于离开杭州前，有同事给我介绍描述过广院最有水平的张颂老师，说他“文革”期间受过批判并被打成“反动学术权威”。一打招呼，得知他果真就是张老师时，我诚恳地说明了对老师的敬意和求学的心情。没想到张老师马上对高蕴英老师说：“这位同学就留在二组了。”而高老师说原先打算把我分在她组里。我暗喜能在广院“反动学术权威”的小课组学习。

1977年是我收获最丰盛的一年，《政治》《哲学》《语法》《文章分析》以及《播音基础》等课程都集中在那一年，而播音基础理论与实践结合得最紧密，记忆最清晰。

记得3月9日上午刚听完中央台播音员潘婕和于芳戏曲和音乐广播播音专题课，下午是张颂老师的小课。针对每个人用声不稳定的情况，他要求我们睡觉不要太晚，早练声时用声不宜过大，要从小到大，从弱到强。

4月7日的大课，他特别强调“拳不离手，曲不离口”，而“话筒前必须精神集中，要有动于衷”，“抓背景不要笼统，既要看到主流，也要看到支流”。

4月29日的大课讲完内部技巧，张老师又特别指出“任何单纯追求技巧、声音的倾向都要防止”，“要记住：弯路不可走，方向不能错”。

概括主题是“备稿六步”中的重要一步，下课我提问，张老师随即在我的笔记本写上：根据稿件叙述的详和略，跟主题密切相关的“要泼墨如云”，跟主题关系不大的“惜墨如金”。

走自己的路，永远内容为王 柳小平

我在基层干了多年的播音，纯粹是模仿，拿起新闻稿就不自觉地字正腔圆上了“保险调”，字与字之间、句与句之间等距离、匀速度地播，10 分钟下来不带错的。还自认为播得很“正”。

学习进入到“播新闻”阶段，张颂老师一再强调从内容出发，时间、地点、人物、事件、背景、目的，心里一定要明镜似的，有一根线穿着走，再强调播新闻特有的语气节奏。

创作路子和我原有的习惯完全不一样了，再拿起稿件，心里想法就多了，表达变得不流畅，200 字的新闻稿磕磕巴巴错重好几次。开口就错，开口就错，心里无比烦躁，怎么越学越不会播了呢？

柳小平（前左一）与张颂老师（前左二）、陈醇老师（前左三）及同学们

一次，张颂老师的大课。分析稿件时，张颂老师说那篇稿件分三个大的层次。我偏偏在课堂上顶牛，说应该分为四个层次，并且说了自己分析的一堆理由。张颂老师耐心听我说完，笑着说，文科没有标准答案，你坚持这样认为也可以。

张颂老师接着往下讲课。我为自己的执拗感到不安。

分析完稿件，接下来上口，我仍然不能流畅表达，越急越错，一时间沮丧得很。

我的表现张颂老师一直看在眼里，他心里也很着急。

记得一天下午课余时间，张颂老师专门到 208 宿舍找我来了。他手里拿着一篇新闻稿，和我面对面坐了下来。

张老师说：我知道，你现在找不到状态了，怀疑自己了，是不是？小柳啊，这就像闯关，一定要闯过去这个坎儿。你原来有个调子，虽然保险，但，以不变应万变的腔调，是没有前途的。我们在学校学习播音专业，就是要明白，什么是正确的播音创作道路，怎么样坚持走适合自己的播音创作道路，一味模仿是走不远的，也是走不通的。

这些话，现在说起来当然大家都习以为常，甚至是老生长谈。可在当时，在我迷茫徘徊的时候，在我还没有完全明了播音专业理论的时候，在播音学这门学科还没有成型的时候，这些话无疑就是醍醐灌顶！

张老师接着将手里的稿子递给我，说：

来，回答我，

——谁？

——在哪里？

——做了什么？

——为什么这样？

——结果呢？

按张颂老师的启发，我在心里特明白的情况下，一一回答。

重音、语气、节奏、基调，自然流露，一气呵成。

我和张颂老师都笑了。

在以后几十年的播音创作道路上，我一直不忘张颂老师的教诲，走适合自己的路，永远以内容为王。

录音间是这样建成的 白学礼

那时的广院，教学设备设施非常简陋。上专业小课就是在一间间学生宿舍里，两张课桌一对，教师和学生围坐一圈来进行。教学所使用的录音机，是上海生产的灰色提包式钟声牌磁带录音机，每个学生录音，由小课老师做点评辅导。

当时没有用来供学生练习的录音间，老师就带领同学们把小教室改造成录音间。我参加了建造录音间的工作，为了消除混响，我还发挥自己学过钳工会打手锤的技能，在墙上打孔，加装隔音板。用錾子和铁锤在墙壁上打眼钻孔，尘土飞扬，又脏又累，手上磨出一个个血泡，但后来看到同学们能在自己参与改造的录音间里录音、上课、练习，心中充满自豪和成就感。

勤快并盲目着 敬一丹

播音专业课多是小课教学，六七个人一个组。刚入学时，我们没有小课教室，就在学生宿舍里上小课。录音机很沉，拎来拎去，都是男生；电源插头在床底墙壁上，总得有同学钻到床底下插电源，也都是男生。学生录音，老师讲评，都坐在床上，站起来得小心翼翼，弄不好就撞了上铺的床板。

那时，我们的练习稿常常是报纸上的新闻稿，常有这样的话：

“大快人心事，粉碎‘四人帮’！”

“一场浩劫，使国民经济走到了崩溃的边缘。”

“把‘四人帮’造成的损失夺回来！”

练声的时候，我从来没有自信，看看同学吧，来自省台的同学都能给我当老师了。

而我呢？

李钢老师说："你的声音有点白。"

我傻乎乎地问："啥叫白？"我蒙了，我衡量不出差距有多大了。

那时，我勤快并盲目着，从不偷懒，常常发蒙：在林区广播站，没练过声，播得挺好，到广院，天天练，咋还不会播了呢！

第一次专业考试，看同学在录音间进去出来，都挺自信的样子，我心里七上八下。该我了，试卷内容是危难中救人的小故事，我看着故事情节，看着看着，就看进去了。

话筒前，我眼前只有这篇稿子，纠结消失了。

宣布成绩，我的成绩是优。

我咋会是优呢？没弄错吧？意外，不解，怯怯地去问陆茜老师。陆老师说："你注重内容，感情内在真实，这是正确的播音创作道路，所以得到肯定。"

哦，嗯，那啥……我还是有点蒙，很久很久，我还在琢磨。

我播成"铁人脱下大棉'脑'（袄）" 王福生

刚开学时，我是一点自信都没有啊！

班里的同学来自五湖四海，一出声，一读稿子，简直把我给震傻了，羡慕极了。

而我——学习播音简直就是两眼一抹黑，那时真是什么都不懂。

我文化底子薄，又有一口地道的东北话，音里腔外的方言味儿挺难改；有一次练播铁人王进喜的通讯，我开口就来"铁人脱下大棉'脑'（袄）跳入泥浆中"，引来全组的哄堂大笑。

对外面的世界更不认知，什么政治啊，常识啊，了解得太少。一次期末考试，我将"哥白尼"念成了"白哥尼"。

没文化，真是可怕啊！

好在我不太懒惰，我的"小目标"就是坚持早起锻炼，不容自己赖床松懈，"笨鸟先飞"嘛。

当北京的晨曦刚刚泛出微光，同学还在熟睡，我就已经起身到操场，先跑个20几圈儿，练单杠、双杠，然后就开始练声，从没间断过。张颂老师克

王福生在北广教室

服重重困难，从城里住的电台宿舍，早早赶到学校来为我指导练声，李钢老师也加入了指导我练声的行列，使我的发声功能有了长足的进步。

每当夜深人静同学都回寝室休息了，我就一个人到小教室，安静地温习白天学过的例稿，反反复复地录音，每天练到十一二点。从模仿别人到表达自我，我慢慢树立起信心，暗自加油、暗自较劲：一定要在播音专业上有出息。

珍贵的衬衫，难忘的课　董传亮

刚入学，老师就告诉我们，播音讲究的是声情并茂。情感是魂，语言技巧是表达的方法。

记得 1977 年的播音课，老师选了一篇小通讯《一件珍贵的衬衫》，是北京低压电器厂的女工刘秀新回忆周恩来总理的文章。文章写得很好，可我们的感情表达总是不到位。为此，老师专门把刘秀新本人请到课堂上，于是有了一次特殊的播音业务课。

那天，陆茜老师陪着一女一男来到教室，女的就是刘秀新，二十五六岁，长得白净、端庄、文静，有点腼腆，说话声音不大。男的是她车间主任。

课堂上，刘秀新讲述了事情发生的经过。

三年前的一个傍晚，她刚学会骑自行车不久，就在长安街上骑车。当时后面有个小流氓捣乱，紧跟着她，她一慌张，就骑到快车道上去了。突然一辆红旗轿车的后视镜把她剐倒，衬衫剐破了。司机停下来问她：你怎么骑车的？

这时，她看到车后座的窗帘拉开了，里面竟然是周恩来总理。

她看到前后一共两辆红旗轿车，总理的车先走了，留下来的一辆车把她拉到中南海的传达室，工作人员通知交警队派人来处理。就在这时，旁边的电话响了，工作人员接起电话。

当时刘秀新就坐在电话机旁边，听出电话里的人是周恩来总理。她听到周总理讲了三点：一是请交警队的同志和她们单位的领导来处理；二是用他的钱给她买件衬衫；三是不要告诉她他是谁。

后来周总理又派人来看望了她两次，带来了总理送给她的衬衫。这件衬衫她一直珍藏着，没舍得穿一次。

刘秀新讲述了事情的经过，几次哽咽着说不下去。同学们都被她的叙述感动了。

刘秀新讲完，老师又请她试着把这篇通讯读一遍。然而讲和读毕竟不是一回事，刘秀新读得不太顺畅，没有了讲述时的生动。

这时，只见毛舒宁同学激动地举起了手说："我试试。"

毛舒宁走上讲台后，酝酿了一下情感，开始播这篇通讯。他表达得声情并茂，语言表达的分寸把握得很好，我感受到了刘秀新对周总理的真情实感，也感受到他这个老播音员的功底。

毛舒宁当时是从云南省电台来的，他就是后来中央人民广播电台的著名播音员陆洋——一代播音名家。

这鲜活的教学案例，让我这样一个初学者真切地体会到，播音既要有真情实感，同时也要有与之适应的语言表达技巧，情感与语言表达相统一才是完美的。

开窍 邱志军

我一直为有又高又亮的嗓子感到自豪，时不时地冒一下小高音儿。尽管老师一再强调气息、情感、内容，我都触动不大，因此入学很长时间，业务上没有明显进步。

记得文体播音课的一次考试，我“意外”地得了“优”。

沉下心来反复听考试录音，仔细琢磨，我觉得，一是老师对我的鼓励，二是我在这次考试中不再盲目地追求高音、亮音，而是从内容出发，较好地把握了新闻播音的要点。

这次考试成了我业务进步的转折点。

我的审美观念发生了变化，不再追求一贯坚持的错误认知，而是根据不同的内容、感情需要，使用不同的语气、节奏，包括气息，也就是老师一再强调的一切从内容出发，语言表达手段要为内容服务。

通过这次新闻播音考试，我算是开窍了。

毕业留校任教后，我也经常用我的例子教育学生。我的体会是：在教给学生正确的方法之前，一定要先纠正他们的错误审美观点和追求（包括模仿等），往往是改变越彻底的，进步越明显。

我教过的78—84级的很多学生，都证明了这一点。有些学生进步不明显，并不是他们笨或是不用功，而是没“开窍”。

拨乱反正时期的课程 焦津胜

工农兵大学生是推荐上学，共同点是幸运，大家都十分珍惜这来之不易的机会，学习根本不用老师督促。

入学时，刚粉碎“四人帮”，课程中紧跟政治风向的内容还很多。播音专业的学制改为4年是从77播开始的，而我们76播学制仅有两年，因此基础学科知识性内容少而单薄。文化基础课方面，虽然设置了哲学、古典文学、写作、形式逻辑等课程，但与后来的播音主持专业课程不可同日而语；专业课方面，张颂老师的播音学还没有创立出来，播音尚处于“无学”的混沌状态。教学方式上大课少，小课多，缺少专业教材和练声材料。

记得我有个西藏电台发的红色塑料皮小本子，扉页上红底烫金字印着毛主席题词：“努力办好广播，为全中国人民和全世界人民服务。”这个小红本里是我 1974 年入藏前在广院短期专业培训时的笔记，用碳素墨水钢笔写的，内容有练声材料和老师讲的专业课要点，李越、徐恒、张颂、刘伟等老师曾给我们讲过课。

上学初期，没什么书，这个小红本曾被 76 播不少同学借阅、传抄过，可能还起到过些许作用，可见同学对专业知识的渴求。

核桃林的集体记忆

白学礼：教学楼前的那片核桃林，是 76 播同学的集体记忆。

清晨，同学们早早地就来到了这片核桃林中，“啊—— 呀——”地开始了基本功和发音练习。老师也如同辛勤的园丁那样，来到分布在林中练声的同学们的身边，一天天，一次次，细心给予示范和指导。

秋天，等到满树的核桃成熟的时候，采摘下来的核桃分发给各班同学，大家又品尝到每天守望着的和自己一起成长结果的那香甜美味的核桃。

难忘广院的那片核桃林，它是我们播音学子成长的摇篮。

马进德：每天早晨都有在校园核桃林里练声的人。播音班的人很多都是曲（声）不离口。你经常会在还见不到人时，听到一个声音传过来。可谓：不见其人，先闻其声。

“冷眼向洋看世界，热风吹雨洒江天”，这一嗓子浑厚的男声飘来，不会错，一定是 75 播的毛舒宁。这句诗词他反复练习，走哪儿练哪儿，真是有段时间了。

远远的“恩格斯论资产阶级法权……论法权”，清着嗓子，找着发音位置，不停重复练的这位，你就知道那一定是 75 播来自宁夏电台的一个学员。

敬一丹：核桃林，是我们吐字发声专业课教室的延伸，一大早，播音专业同学每人对着一棵树，念念有词：

“北国风光，千里冰封，万里雪飘……”

“八百标兵奔北坡，炮兵并排北边跑，

炮兵怕把标兵碰，标兵怕碰炮兵炮。”

晨雾里，那些好声音传来，我张望着，与自卑搏斗着，唉！练练老师留给俺东北同学的声调作业吧：

黑龙江 哈尔滨 知青……

北京 广播 长安街……

各种各样的声音，此起彼伏，成为广院一景。

“主要看素质” 李小梅

播音，终归还是要说到这专业。

在校两年，主要的学习是播音。但我没学好，或者说学不好。

首先，我没有“上下有余”的声音。也因此对那些充满时代色彩的播音范文充满畏惧，例如那革命激情四射的《翠竹》。

毕业后，外行人一听，就会说：啊，你是专业的。正所谓“播音腔”。两年，我学会了播音腔。

现在的有声语言播送手段是五花八门了，爱好者也绝不再囿于“上下有余”的声音。《翠竹》也不再是仅限于那饱含激情的一种。作者会写多种文体，播者也有了高低可就的表达选择。

拿近来订阅的“布衣羊”为例，小小微信平台，有限的制作手段，但却被“布衣羊”利用得有声有色，吸引了不少金嗓大腕加盟。因为，主创者有自己独立风格的选择权。

布衣羊也常有参与播出。她的声音并不算太好，绝对属于那种上下没有余地的。但多样的表达方式，凸显了她对文字的理解，甚至是她本人除声音以外的深层积淀。

哈哈，由此想起现在流行的一句话叫，“主要看素质”。

揭批大会喊口号　董传亮

粉碎“四人帮”以后，全国掀起了揭批“四人帮”及其一伙的热潮。

1977 年的一天，老师找到柳小平同学和我，说北京高校在首都体育馆有一场揭批迟群、谢静宜的大会，让我们俩去领喊口号。

我一听就慌了，我从来就没有领喊过口号，不会啊。再说这么大的场合，我吓都吓晕了，还能喊得出口号吗！

老师说，柳小平同学业务好，可以带带你，去吧。

柳大姐在我们班的业务水平可是前三甲，在我心里的地位那是高山仰止啊！柳大姐人也非常好，温文尔雅，对人热情，温和真挚，从来不说伤人的话，很大度。

我心想，我俩的水平那是一个天上一个地下，差得太远了。但没办法，只有战战兢兢地跟着她去了。

第二天路上，柳大姐见我比较慌，安慰我：“别紧张，沉稳一点，喊口号时，前面别太用力，后面声调要扬起来。”

到了会场，安排我们坐在主席台的旁边。环顾四周，黑压压的全坐满了，至少有一两万人吧。瞬间，我的脑子一片空白。

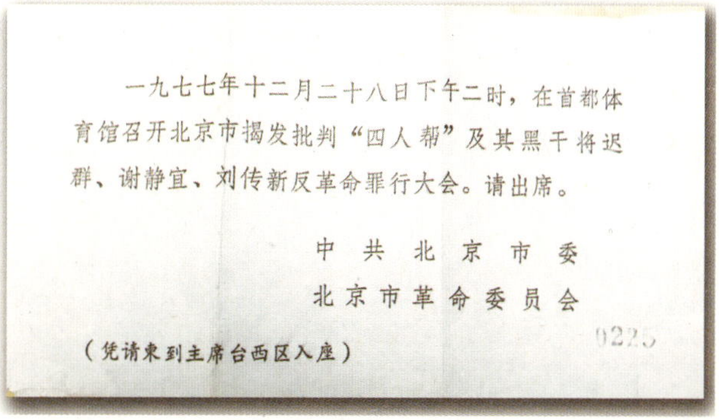

一九七七年十二月二十八日下午二时，在首都体育馆召开北京市揭发批判“四人帮”及其黑干将迟群、谢静宜、刘传新反革命罪行大会。请出席。

中 共 北 京 市 委
北京市革命委员会

（凭请柬到主席台西区入座）　0225

柳小平保存了 40 年的开会通知

下午三点，大会开始。“把迟群、谢静宜押上来。”

要开始喊口号了。

第一句是我喊“打倒‘四人帮’！”，我一张口就很用力，“打倒”两个字声音很大，后边“四人帮”三个字气息托不住，声音就弱下去了。

第二句是柳大姐喊“打倒迟群”，她处理得很稳，前抑后扬，全场气氛一下就出来了。

本来是我们喊一句，会场跟着喊一句，可我一急，没等群众跟喊，我就接着喊“打倒谢……静宜”。

错了！喊到谢字，我意识到错了，自己就停了下来。

柳大姐悄悄说：“别紧张，稳住了。”

揭批大会有五六个人发言批判，群情激愤，口号声震天响。柳大姐淡定沉稳，对声音和感情把握得恰到好处，我受到了很大的教益，我慢慢放松，

后面的口号勉强喊了下来。

大会结束了，回来的路上我很沮丧，觉得自己业务能力太差了。柳大姐一路上都在安慰我："没关系，你第一次喊口号，已经喊得很不错了，没有出什么大的纰漏啊。"

此后，像这样的喊口号的场景，越来越少了。

难忘陈醇老师一节课 柳小平

在播音界一向有南陈北关的说法，意思是在南方有上海人民广播电台的陈醇，北方则有天津人民广播电台的关山，都是深受听众爱戴的播音艺术家，影响力遍及全国，一时无人可及。

我们班有幸成为陈醇老师亲自授课的第一批学生。他选取情感跨度大的各类题材练习稿，带领我们逐篇分析、理解、感悟，激发我们的情感体验。每个人都格外珍惜和这位播音大师相处的机会，铆足了劲儿学。

陈老师让我们把同一个词汇放在各种句子里，找出不同的表达方式，让我们的语言摆脱苍白而变得富有感染力。

如"鲜花"一词，我造了两个句子：

"人民英雄纪念碑旁摆满了鲜花"，表达时，语速稍慢，庄严肃穆。

"国庆的天安门广场成了鲜花的海洋，人们高呼祖国万岁！"表达时，高昂热烈。

陈醇老师听了，点头说不错。

散文《井岗翠竹》是我们练习的材料之一，后来也成为阶段测试的稿件。

测试成绩分一般、良 -、良、良 +、优 -、优、优 +。"良 +"就是比较好的成绩了，得到优的成绩的每次只有几个同学。

我们班同学播音基础不一样，有的南方同学普通话语音还有问题，像鼻边音、前后鼻韵母问题等。陈醇老师的教学特点是鼓励为主，对播音基础差的同学，他格外关注，呵护有加，任何一点进步都充分肯定。

谢克荃来自安徽基层广播站，前后鼻韵母有些分不清，但学习异常刻苦。

她把《井岗翠竹》每一个字都注了音，全文都背了下来。测试的时候，她没有拿稿件，勇敢地站在讲台上开始背诵。

《井岗翠竹》，光这标题对普通话就是个考验，后鼻韵母，平舌音，翘舌音。“到近处看”，她读成“到镜处看”了。

小谢知道错了字音，停了下来，非常懊恼地一拳砸在讲台上。同学们一时心都揪起来了。

陈醇老师走上讲台对大家说：“我知道，小谢这篇文章是会背的，她下了很大的功夫。小谢，不着急，再重新开始。”

陈老师的肯定极大鼓舞了小谢，她深深吸了口气，很快平静下来，酣畅淋漓、准确完整地背诵下全文。

陈醇老师把这次测评仅有的“优”的成绩，给了小谢。

为什么这堂课我会记忆犹新？是因为陈醇老师宽怀善良的人格魅力，还是因为小谢同学的孜孜不倦？也许都有吧！

唯一上讲台的学生 焦津胜

上大学初期，虽然“文革”结束，但许多闹“教育革命”时兴的做法仍在延续，比如，工农兵上大学的口号是“上大学，管大学，用毛泽东思想改造大学”，简称“上管改”，而工农兵学员上讲台就是一种具体形式。

不知是幸运还是不幸，76播这个上讲台的神圣使命竟然落在了我身上。

那是在哲学课上，教哲学的姚老师指定由我上讲台，给同学们讲一堂哲学课。从没讲过课的我，虽然被赶鸭子上架，但也没好意思退缩，立即投入备课。我费了不少劲，才找到一本讲哲学基本理论的书做参考，编写了厚厚的讲稿，并且一遍又一遍地修改，但总也不满意。

讲稿还没改完，敬一丹等同学就把讲稿借走先睹为快，他们那种不放过一切学习机会的精神，和对我讲稿的尊重，回想起来仍令我感动，我想这就是他们后来能取得很大成功的重要原因吧。

当我真的站到讲台那天，开始不免紧张，可看到不少同学投来鼓励的目光，终于渐渐放松下来。虽然我的所谓讲课，不过是照本宣科，但同学们仍在认真听、用心记。

有趣的是，哲学课结课时，同学们大都得了“优”的成绩，而我这个讲课者，却只得了个“良”。记得发成绩单时，敬一丹同学还为我打抱不平地对姚老师说：哲学上小焦懂得比我们多，怎么才给个良啊？至于老师如何回答的我已记不清了。

现在回想起来，这次上台讲课，逼着我恶补了一些哲学知识，还过了把老师瘾。当然，去除那个年代的政治色彩，学生上讲台作为一种体现主体性、创造性、开放性、互动性的教学模式是不应否定的。

后来各科再也没有进行过学生讲课的尝试，我的那次讲课也成为76播学生上讲台的唯一一次。

饥渴的心，半饱的课　敬一丹

写作课：吃了个半饱

写作课的张归壁老师走进教室，他的名字，他戴眼镜的样子，他的南方口音，都特别符合我对写作课老师的想象。

第一次寒假前，老师留了作业，写一篇家乡见闻。那时，正是1977年初，家乡飘着雪，迎春节。我看到很多人家的春联上，都写出对周总理的怀念，周总理逝世一周年了，人们不再像1976年那样压抑，可以自由充分地表达这种怀念了。收音机里，传来《绣金匾》的歌声：“三绣周总理，人民的好总理……”郭兰英的歌声如泣如诉，触动着人们心底的深情。人们听这首歌的时候，都是含着泪，这让我看到了什么是心声，什么是共鸣。看到的听到的想到的，我都写进了我的寒假家乡见闻。

在新学期的写作课上，张老师讲评作文，很意外地，我的作文被表扬了，我故作镇定，其实不胜欣喜。从小到大，课堂上的幸福之一，就是作文成为范文。多年以后，上大学了，重回课堂，我感觉正在重获幸福。

那短暂的写作课，我们学习了新闻广播的不同文体：消息、通讯、评论、对话……而这些，在林区广播站曾被我一律简单地读作：广播稿。

写作课开了没多久，没有像我希望的那么久，就结束了，那感觉，好像吃了半饱。

“三只羊换一把斧子”

哲学和政治经济学是我喜欢的课程。

哲学课的老师给我们开出教科书和参考书的书单，其中有《辩证唯物主义和历史唯物主义》。

啊！这本书！

我十三四岁的时候，接触到一些陌生的词：世界观、辩证法、上层建筑、

经济基础……这些词频繁出现在广播里、报纸上，毛主席语录中也有。我不懂，身边又没人可问。那时，中学刚复课，不怎么正经上课，我不知道该怎样求教；我妈在遥远的干校，没有自由；我爸在外地的学习班，很久才能回家一次。我只好迷迷瞪瞪地面对这些从字面上认识、其实并不懂的词。也许十三四岁这个年龄就该琢磨这些事了，我被这些生词困扰了好久，终于，我给我爸写了封长信，用了两页纸开出了“问题单”：

什么叫世界观？什么叫辩证唯物主义？上层建筑是什么？经济基础是什么？什么是资产阶级？什么是无产阶级专政？……

我爸回信了。他说：你能对这些问题有兴趣，很好。但这些问题不是几句话能说清的，你可以看一本书，一时看不懂也没关系，慢慢看，以后会懂的。这本书作者是艾思奇，书名是《辩证唯物主义和历史唯物主义》，你到家里书架上去找，在上面一层。

我果然在书架上层找到了，浅黄色的书皮，厚厚的。意外的是，我找到了两本，一模一样的两本，它们并肩立在书架上，一本写着我爸的名字，一本写着我妈的名字。

于是，在爸妈都不在家，我满脑袋问号的时候，我翻开了这本书。

现在，坐在大学的课堂里，我又面对这本书，我的心平静又汹涌，我有了老师，可以慢慢解开那些问号了，这样的课启发着我的青春思考。

在政治经济学课堂，老师讲货币的起源，我听得饶有兴致，“三只羊换一把斧子”“贝、刀币、贵金属、一般等价物”，哦，是这么回事啊！钱，是这样产生的啊！那时，我并没有想到，毕业后，我会在哈尔滨遇到一位经济学老师，我悄悄溜进大教室去听他讲课，他讲的恰好就是“三只羊换一把斧子”，我庆幸，以前学过，还能听懂。也许，能听懂是接近的一个原因吧，后来，这个经济学老师成为我的丈夫。这是后话。

文学课：我为自己的青春委屈

古典文学课的吴军老师讲起唐诗，常常自己先陶醉了。记得，他讲《春江花月夜》时，语气特别恳切，生怕我们不能领会诗意，生怕我们错过唐诗之美。

我们真的错过太多！上中学时，我们的语文课没有唐诗，老师在讲毛主席诗词时，给我们讲了一点点诗词格律，就是仅有的有关诗的课程了。

下乡当知青了，书荒一直伴随着我的春夏秋冬，全林场只有一本《唐诗100首》，那是一位老高中生的珍藏。我好不容易借来了，急急忙忙地抄，还没等抄完，人家就催着要回去了。在那本唐诗里，我才第一次读到李白杜甫。

"春江潮水连海平，海上明月共潮生……"老师读着，我走神儿了，我想起书荒时代那本唐诗，为自己的青春委屈。

有的文学课是与编采专业同学一起听的大课，课是一样的，留的作业却不一样。编采专业同学写一篇作品评析，播音专业同学背诵一篇作品。走出教室时，我们偷着乐，甚至幸灾乐祸，写一篇，花多少功夫？背诵一篇，多轻松！

那时，我还没有意识到，这其实是播下了一颗"只动口不动手"的种子。种子不太饱满，专业的欠缺在后来的日子才显现出来。

外语：至今仍是我的痛

读了大学，却没有开过外语课。

不知为什么校方没开，我们学生也没有提出这样的要求，外语，好像与我们无关。

我们教室后面有一台电视机，晚自习的时候，常有一个外班男生来听电视英语讲座。屏幕上讲课的陈琳老师，和颜悦色说着好听的英语，但我们班同学从来没有谁跟着学过。我很好奇，那个男生是谁？后来知道了，是77播的蔡伟。我更好奇，也是学播音的，他学英语干吗？不是汉语播音吗？

当时，我就是这样短视和浅薄。

走出大学校门时，我还认不全26个英文字母。

后来，考研究生的时候，我才意识到我错过了什么。为了考试过关，我几乎用了全部业余时间突击学外语。痛悔！没有在大学里学英语。至今，外语，依然是我的痛。

我们的大学只有两年。"学制要缩短，教育要革命。"几届工农兵学员的学制按照最高指示，都缩短了，我们文科，特别是播音专业，就更短。两年中间又有学军、学农，上课的时间就更少了。

上课的时光，真的是珍贵时光。

两年太短，短得来不及刹住欢笑 李小梅

至今想起当年那小小灰色的校园，记忆的画面都会铺展出初夏的明亮，并随之飘来馥郁芬芳的气息。

同学们都是陆续从各个电台电视台赶来的，似乎也没有标准报到日期。

全校学生也不多，三五个专业，几百名学生。

那时我们统共也没开多少门功课，好像除了跟播音有关的业务课，还有政治经济学、语法、外国文学什么的。

学校的日子很好玩儿。是的，好玩儿。没有学习压力，玩儿似的。

同学在我记忆里犹如七色光，个性迥异，水准悬殊。但却能完美地会聚在一起，闪烁着我们76播的独特光芒。这也可能是那个时代的特色，大家都懂得为集体为他人着想的道理。

教室的窗外有几棵长成伞状的高大芙蓉树，每当花季，我都会向窗外凝望，幻想踏花而行，坐在树梢上。

我们的老师也是陆续从各台抽借调来的，其中有资深著名的播音前辈。

清楚地记得语法老师，他是一个好脾气的男老师。最有趣的是，每当他以文为例给我们讲解语法时，读到主、谓、宾的关键点，他都会点头。所以，你只要认真在他点头处做记号，再结合语法分析，当他提问时回答，保准妥妥的。他的课，我都是在心里乐得人仰马翻的状态下学习的。

一走进那个逼仄的播音小屋，我就尿了。感觉嗓子抽筋，手脚冰凉。那时不知我有多羡慕那些嗓音游刃有余的同学啊！

除了这个小黑屋，校园里到处都是可以自由奔跑跳跃的地方。清楚地记得体育课王老师——他应该算是最喜欢我的老师吧。

真是的，我学播音的，却南辕北辙，体育是强项。当年小柳和我为广院拿了好几个高校游泳比赛奖状，其中除了第一名，还有破高校纪录的奖状。当年，我们在游泳池里欢快得像条鱼，操场上奔跑跳跃像小鹿一样。

哦，还有，记忆里最快乐的地方还有食堂。那时年轻爱饿，吃吗吗香。

还有，我们的班主任陆老太太。其实当年她并不老，只是像大家长一样管着我们，让大家习惯称呼她“老太太”。她曾经是中央台的播音员。她是

一位任性的老太太，个性张扬。今天再记起她事无巨细关爱我们班、关爱同学的模样，还是感觉她满面慈祥。

两年太短了，短得都来不及刹住欢笑。学了什么？貌似仅仅窥到了“冰山一角”。

离开你四十年了，不曾再见。

不见也好，这样你在我记忆里，就永远保留了昔日的模样。青砖小楼，绿树成荫……昔日的足迹还在，只需闭上眼睛，就可以让时光倒流、任意徜徉。

陈醇老师的特殊礼物　董传亮

粉碎“四人帮”不久，在播音专业的学习中还有许多禁区需要突破。如：理解、感情、表达技巧的关系，尤其对语言表达技巧的提法有很大争议。

当时陆茜老师负责广院新闻系播音专业的工作，她邀请了上海人民广播电台著名的播音艺术家陈醇老师，来我校主持播音基础课教学课程。

1977 年 10 月 4 日上午，陈醇老师给我们班讲了第一次大课，明确指出了“语言技巧是播音员进行再创造的工具”。他把语言技巧分为“内部技巧”与“外部技巧”。他时而讲解，时而示范，条理清晰，语言形象生动，表达贴切感人，同学们切实感受到了语言艺术的魅力。

敬一丹、董传亮的礼物

播音语言技巧课只开了十周，陈醇老师讲了三次大课。这期间又邀请了人艺著名表演艺术家董行佶、中国话剧团著名

毛舒宁、王亚平从陈老师手里接过礼物

演员曹伯荣、中国广播说唱团著名演员马增慧做讲座，真可谓每场都是语言艺术的饕餮大餐。

这一段学习经历为我们日后的播音实践打下了坚实的基础。

2015年的夏天，我和韩菊去上海看望陈醇老师，当时陈醇老师已是83岁高龄了。

老师见到我们很高兴，谈兴很浓，班里每个同学的名字他老人家都记得很清楚。每个人的情况他都很了解，可以感觉到陈醇老师对76播音班同学的感情之深哪！

谈话之间，陈醇老师说："我今天送给你们一份礼物。"他起身去了书房，一会儿从书房出来，手里拿了两个信封给我们，信封上写着我们的名字，还有两行字"壬辰相逢 真迹奉还"，并盖着陈醇老师的私印。

打开信封，我看到的是当年自己写的"学习语言技巧的体会小结"，时间是1977年12月15日。一股热流一下涌上心头——我们自己写的东西，自己都没有保存，陈醇老师却整整珍藏了39年！

我们感动得不知说什么好，只是一个劲地说："谢谢！谢谢陈醇老师！恩师啊！您对学生的感情太深了！师恩难忘！刻骨铭心！"

2016年秋，我们邀请陈醇老师参加贵州同学四十年聚会，老师说自己年纪大了不能去了，有点东西要寄去，带给同学们吧。

我打开快递，是一个大信封，信封里是76播音班每个同学1977年写的学习语言技巧的小结。

我捧在手里沉甸甸的，一路上生怕弄丢了，不时拿出来看看。

在贵阳同学会上，我郑重地向同学们宣布，陈醇老师给每位同学带来了一份珍贵的礼物。

同学们睁大了眼睛，气氛一下凝重了，同学们被感动了，眼睛湿润了。每位同学都郑重地走上台来,激动地从我手里接过这凝聚了四十年师生情谊的礼物。

纸泛黄了，字迹依然清晰，看啊，同学们当年是这样写的。

关蕾写道：我们能够开这门课，是英明领袖华主席粉碎"四人帮"取得了伟大胜利带来的。因此，我们才打破了10年来老师不敢讲，学生不敢学，只会空喊口号，没有真实本领的落后局面。我深知"语言技巧课"来之不易，更感到要抓紧学习。

邱志军写道：通过这一段的学习我感到，理解了的东西不一定能恰如其分地表达出来，表达得不够恰如其分，不一定就是不理解。要缩短理解和表达的距离，就要反复实践，不断摸索播音的规律，使我们在理解的基础上表达得准确、鲜明、生动。

董传亮写道：通过学习语言技巧，老师给了我一个如何把稿件变成自己的东西，从心里长出来，如何激发起具体的感情的正确方法。

有着十几年播音经历的刘凤英写道：原来我只是就稿念稿，现在我明确了，在理解的基础上，还要抓感觉，要听到、看到、想到。

王延华和张利民急切呼吁：技巧课的时间还嫌太短了，希望语言技巧课能继续开下去。

跨越四十年岁月，同学们看到自己当年的文字、当年的认识，感慨万千！

遥望上海，学生们向陈醇老师鞠躬！谢谢恩师！

醒来啦

1977 年、*1978* 年，我们在学校渐渐感受到文化复苏的气息，从小看惯了大批判大字报的眼睛，如今看到：禁书陆续被解禁，新杂志纷纷创刊，文学创作活跃，舞台戏剧生动上演。我们这些经历过苍白也经历过鲜红的学生，好像从长梦中醒来，带着饥渴的感觉，扑向这些书、这些杂志、这些舞台，扑向多颜色的世界。校园内外，冰融雪化，我们走进从未有过的思索的春天。视野变了，我们以新的目光，认识这个变化着的世界，也在世界里认识变化着的自己。

久旱逢甘霖　柳小平

“文革”结束了。

我来到了北京，进了大学，就像眼前打开了明亮的窗户，五彩斑斓的世界如此美好。

我觉得自己还没有准备好，扑面而来的各种高雅的文化艺术就令人兴奋到可以不睡觉。好书、好电影、好话剧，有什么看什么。好播音、好歌曲、好朗诵，有什么听什么。

这时才觉得我们年纪轻轻，其实心田是荒漠一片，久旱逢甘霖，不能再错过！

我在我的笔记本扉页上郑重抄录上屈原的名句：路漫漫其修远兮，吾将上下而求索。

久旱后，我们听到了——

当时，同学们传听着一盘磁带，是“文革”前林如老师的播音节目，介绍小提琴协奏曲《梁祝》。我反复听，不记得听过了多少遍。

林如老师的播音令我惊叹，声音是那样轻柔甜美，表达是那样委婉动人，完全颠覆了我对播音的认识，原来播音还可以这样播啊，太有魅力了。

作品欣赏课上，我们听了董行佶老师的朗诵作品，高尔基的《鹰之歌》。随着音乐和海浪的哗哗声，董行佶老师深沉的充满磁性的声音出现了：

“蛇，高高地爬到山里去，躺在潮湿的山谷里，盘成一圈，望着海。太阳高高地在天空中照耀着，群山向天空中喷出热气，波浪在下面冲击着石头……”

这声音，一下子把我们带到了海边，我们看到了大海，看到了山谷，看到了艳阳，看到了海浪，看到了盘成一圈的高昂着头的蛇。这声音冲刷着我们的心灵，时隔四十年这声音仍在耳畔回旋。

学校请董行佶老师来给我们做《语言与情感》的讲座。例稿是贺敬之的《西去列车的窗口》。

老师让我先将《西去列车的窗口》录下来，在讲座上放录音，董行佶老师现场点评。这太难得了。

在九曲黄河的上游，
在西去列车的窗口，
是大西北一个平静的夏夜，
是高原上月在中天的时候。
…………

四十年后的今天，当我在键盘上敲出这熟悉的诗行，忍不住热泪模糊了双眼。

当时，我一鼓作气录了十几遍，希望得到董行佶老师的肯定。

讲座上，董行佶老师对怎样用语言很好地表达情感谈了自己的宝贵经验，也中肯地批评同学们的语言情感不够丰富，表达手段单一。听了我的录音，董老师说："这位同学还算好一点。"

得到大师"还算好一点"的评价，我内心很不平静，毕竟我都录了十多遍了，这个评价不高，但"还算好一点"是实事求是的，是准确的。实践让我的认识更明确，学习语言表达，哪能只在一朝一夕，道路还长得很。

适逢转折期，我们76播这一届工农兵学员是幸运的，得到过很多大师的指点。像齐越老师、张颂老师、陈醇老师、陆茜老师，都曾手把手地跟班教学。校外老师到班上做讲座的就有林田、林如、铁城、方明、潘捷、关山、陈刚、曹山、曲艺大师马增蕙等等。我们还到中央人民广播电台去参观学习，葛兰老师和我们座谈。前辈引领我们一步步感受语言的魅力，进入语言表达的殿堂。

久旱后，我们看到了——

就像"文革"时期国人的服装只有黑白蓝一样，文化艺术于国人来说是单调的、苍白的，除了样板戏，可以看的电影只有几部，可以听的歌曲只有几首，世界名著更是见都见不到。

转折发生在我们上大学期间。

全国科学大会将知识分子界定为工人阶级的一部分，"科学的春天来到了"，文化艺术的春天来到了。

学生宿舍里天天传出"洪湖水呀，浪呀嘛浪打浪""刘三姐""含着热泪绣红旗"

的歌声，这些歌原来是不让唱的，当我用湖北味唱起“洪湖水”的时候，同学们都格外喜欢，这些优美的歌曲使人们的心柔软起来，脸色也明丽起来。

被禁演的老电影重新放开了，外国电影也陆续能看到了，我们看啊看，没个够。

一天晚上学校食堂放电影，下午同学们就搬椅子占位子。放映的是前苏联电影《解放》，是一部长达十几个小时的原声片，看得好累，却舍不得离开。学校也体恤同学们看电影辛苦，天亮后竟宣布放假一天，补瞌睡，呵呵。

还有一次通宵看朝鲜谍战片《木兰花》。一位朝鲜族的老师现场翻译，也许是太疲劳吧，他把台词“吝啬鬼”翻成了“齐墙鬼”，引来哄堂大笑。电影看到通宵达旦，可以看出那时我们有多饥渴。

粉碎“四人帮”，极大激发了艺术家的创作热情，各剧院纷纷创作排演新剧目。

北京青年话剧团创作了五幕喜剧《枫叶红了的时候》，同学们激情高涨，都想看。买票的任务交给了小侯同学。

小侯家住北京城南，穿城到城西北的五道口工人文化宫买票，走了特远的路，还翻过一个铁栅栏才买到，想想自己挺不容易，就买了一碗从没吃过的担担面犒劳自己，至今她还觉得，哟，那担担面特香。

我们从大东边到大西边，穿过整个北京城去看话剧，看完戏，312路末班车都没了，夜色里，同学们有说有笑地走回学校。后来大家开玩笑说我们看的是《红叶疯了的时候》

当时轰动北京的另一大事就是北京人民艺术剧院在首都剧场开始复排演出话剧。

北京人艺代表着中国话剧的最高艺术水准，一定得看！而学校离首都剧场太远了，还是北京同学利用周末回家的时间提前给大家买好票。

我们观摩过的话剧有北京人艺的《茶馆》《蔡文姬》《丹心谱》，还有上海进京演出的《于无声处》。

看北京人艺的话剧，我们记住了于是之、郑榕、朱琳、林连昆、蓝天野、胡宗温、英若诚、苏民、董行佶这些大艺术家的名字，他们出神入化的表演功底令人景仰，能在剧场观摩他们的表演实乃人生一大幸事。

最令人感慨的是《茶馆》剧终时，钱纸雪花般漫天飘飞，于是之的台词“现如今有了花生豆，却又没了牙了”。

那曲终人散的悲凉实在难忘！

久旱后，我们读到了——

一天，柳小满兴奋地拿了张报纸来找我说，快看，报上登了，周末新华书店公开发行世界名著。这个消息太令人振奋了，我们当即决定去购买。

世界名著，那些年哪里见过。那个年代，爱情代表黄色，西方代表资产阶级，这些都是被禁止的。样板戏里的英雄都是单身。

到学校后，到图书馆借过几本巴尔扎克的书，像《高老头》《欧也妮·葛朗台》等，都是匆匆看完赶紧还上，因为后面还有好多同学排队等着借阅呢。我们憧憬着世界名著，一旦拥有，别无所求。

周末，我们一早就赶往王府井的新华书店。嚯，书店排起了长长的队伍，人们都是一摞一摞地买。

我让小满排着队，自己挤到柜台前去侦察了一番。

书，按篇目堆在柜台内地上，还有工作人员不断加运新书，我悬着的心终于放下了，一定可以买到。

大约排了一个多小时的队，终于轮到我们了。小满说，新发行的都买，一样一本。于是《战争与和平》《安娜·卡列尼娜》《复活》《一千零一夜》等等几十本新发行的世界名著全抱在了我们怀里。

当月我们俩的工资几乎全买了书了。

当年的书都是简装，几角钱一本，大部头才上一块。我们一人抱着一摞书，心满意足地回了学校。

直到现在，这些书已经发黄，纸张也已经发脆，可还在我们家书柜里珍藏着。

抄斯坦尼，宁罚不还　王福生

早就听说斯坦尼斯拉夫斯基，但没有机会读到有关的书。在广院图书馆，我惊喜地发现，居然有斯坦尼斯拉夫斯基的表演体系书籍，还有洪琛文集！书很旧了，不知曾被多少人翻阅过，也不知“文革”中被尘封了多久，现在终于可以借阅了。那个年代这样的专业书籍太少了，我捧着书，如获至宝。

想到这书是要还的，就舍不得，于是，就利用晚上时间来抄，实在抄不过来，就请敬一丹、王亚平、郑瑞霞同学帮助我一起来抄书。至今，这些体现同学深情厚谊的手抄文稿我还一直保存着。

有个秘密，我一直都没和任何人讲，在毕业清还所借图书时，因为爱不释手，我还是将这两本书“拿”走了，真不想还，舍不得还，宁可挨罚。

我们是穷学生啊，罚什么罚？图书馆无奈，也只能这样了。

一个人的寒暑假　马进德

寒假暑假，同学们都回了家。校园空下来，静下来。宿舍，只剩下我一个人，整个教室，也只剩下我一个人了。

为什么不回家？我是不带薪学员，生活费都靠助学金。从北京回新疆老家得坐三天四夜火车，计 78 小时。路远，加上囊空如洗，回家的念想自然成了奢望。不回家还有另一个原因，进了校门发现脑袋里的知识少得可怜、可叹，需要恶补，寒暑假正好可以干这件事。

当时“文革”刚刚结束，崇尚知识的气氛渐浓，年轻人纷纷扑向书本。校园里的我，腹中缺墨，满脸茫然。虽然学校有课程安排，但，课时有限，深感得加餐，得进补。

我借来一大堆书。《中国文学史》《唐诗宋词》《唐宋八大家经典散文选》《鲁迅杂文选》《红楼梦》，记得还有托尔斯泰、高尔基和屠格涅夫的小说，列宁的《国家与革命》等政治理论著作。

冬天教室里虽有些暖气，但也要时不时起来走走跳跳；夏天酷热，知了们被热浪逼迫，叫声不绝于耳，晚上还有蚊子陪伴袭扰。然而，这些都不算什么，我埋头读书，满纸书香带来厚重的温暖，让人如沐春风，既兴奋又幸福，有时还会产生痴迷感。有一次书看到精彩处，我顺手从饭盒拿出鸡蛋在书桌上揉滚剥皮，过了一阵儿感觉不对，一看，手中握着的竟是核桃林里捡到的一枚核桃。

从书中，有时分明感到遥远的前人在吟唱：“前不见古人，后不见来者，念天地之悠悠，独怆然而涕下。”据此，我认识了初唐四杰。学习“建安风骨”，便领略了曹操父子的雄才大略和满腹诗华。“王杨卢骆当时体，轻薄为文哂未休，尔曹身与名俱灭，不废江河万古流”的诗文，给人登高望远、冷峻古今的苍凉气度。龚自珍的“我劝天公重抖擞，不拘一格降人才”和诗仙李白的“天生我才必有用”，似隔千年而对唱，激昂恢宏，催人落泪奋进。

连续四个寒暑假，我一个人，在读书中，与书中人、书中事相处，那种收获感，让我享受，那精神营养，给了我长久的滋养。

我怎么那么像谢慧敏　敬一丹

我走进广院图书馆，那是灰色的平房，旁边是高大的树，图书馆好像总在树的浓重的影子里。我喜欢去阅览室翻翻杂志，那时的杂志有一种复苏气息，伤痕文学很受关注，作家们以文学的方式反思一个时代，那些作品充满痛感，我经常边看边流泪，却还是想看。

我翻开刘心武《班主任》这篇小说的时候，并没有想到，它会这样触动我。

故事很简单，一个中学的班级，几个不同的学生，围绕着“小流氓”要转到班里来，表现出种种想法种种态度。

谢慧敏是班里的团支部书记。刘心武笔下有一个细节：学农归途，谢慧敏突然发现有个男生手里转动着个麦穗，她不禁又惊又气地跑过去批评说：“你怎么能带走贫下中农的麦子？给我！得送回去！”同学们有的说她“死心眼”，有的说她“太过分”，老师理解了她“绝不能让贫下中农损失一粒麦子”的信念，最后，她在雨后泥泞的大车道上奔回村庄，送回麦穗。

看到这儿，我心一动，我也会这样啊！

往下看：

团支部过组织生活时有人打瞌睡。张老师建议说：“为什么过组织生活总是念报纸呢？下回搞一次爬山比赛不成吗？保险他们不会打瞌睡！”谢慧敏瞪圆了双眼，几乎不相信自己的耳朵，隔了好一阵，才抗议说：“爬山，那叫什么组织生活？我们读的是批宋江的文章啊……”

我又想，我也会这样啊！

再往下看：

谢慧敏单纯地崇信一切用铅字新排印出来的东西，她的老师感慨：在“四人帮”控制舆论工具的那几年里，倘若在谢慧敏最亲近的人当中，有人及时向她点明：张春桥、姚文元那两篇号称“阐述无产阶级专政理论”的“重要文章”大可怀疑，而“梁效”“唐晓文”之类的大块文章也绝非马列主义的“权威论著”……那该有多好啊！但是，由于种种主观和客观上的原因，没有人向她点明这一点。

我也是这样啊！

这次，面对这篇小说，我没有流泪，但，我被深深地触动了。

我怎么那么像谢慧敏？

我也当过团支部书记，在东北林区的知青点，我也曾经以那个时代的方式维护着原则和信条。

记得夏锄的时候，知青们本来是一起出工一起收工，老队长决定，让我们每人包一条垄，谁铲完谁收工。到了中午，男知青一溜烟儿都收工回去吃饭了。女知青还在闷头干着，望着长长的垄叹气，有的都愁哭了。我没哭，在烈日下，我冲到老队长面前，义正词严：

“你这不是包产到户吗？”

早在“文革”初期，“包产到户”就已经被批得体无完肤，我说出这个词，显然很有杀伤力。老队长没有说什么，第二天，又恢复大锅饭了。

后来，我隐隐觉得不该那么说，但也没有再说什么。我后来离开林区要到北京上学了，老队长指着一麻袋窝瓜，说：“你拿回家给你爸妈吧！”

我没要，那是集体的东西，我怎么能拿回家呢？

上了大学，我当了班里的党支部书记。本来就习惯自我克制和自我约束，这就更克制更约束了。

我穿着蓝色的衣服，那是我妈给我的警服，我梳着短发，是最简单的式样。我走在校园，目不斜视，艺术专业的一个男生，好像姓崔，一遇到我，就唱：

“数九那个寒天下大雪……一道道水来，一道道山……”

嗯？

哦，他在唱歌剧《刘胡兰》。我明白了，这就是我在同学眼中的模样？

作为书记，个别谈话算是一种工作方法吧，我与同学有过几次这样的谈话：

在学农的时候，小肖在栗子树边，总是掏出小镜子，对着自己左照右照。我看着大伙儿都在干活儿，就觉得，一个男生不该这样啊！让贫下中农看到，工农兵学员，什么形象啊！于是，我走过去，严肃地说：

哎，都干活儿呢，别照了！

小肖愣了一下：哦，我嗓子疼，照照，看发炎了没有。

班主任陆老师找我：小敬啊，你注意没有，你们班同学有的在谈恋爱呀！在校期间有规定，不能谈恋爱。

“我说，没听说啊！谁呀？”

“小董啊！”

“啊？和谁呀？”

“韩菊，有同学议论啊。”

陆老师交办任务：你去和小董谈谈，班干部不要违反学校规定。于是，我直截了当对小董说：陆老师让我跟你谈谈，在校期间不能谈恋爱。

小董一脸无辜，信誓旦旦：没有，没有，我们是在切磋播音业务。

好吧，我完成了任务。

毕业后，他俩就从切磋业务变成切磋婚事了，现在，正幸福地当着爷爷奶奶。

小马是从新疆来的回族同学，家在农村，地处偏远，寒暑假，别人都回家了，小马从来不回家，路太远，他的家庭承受不了路费。助学金支撑着小马的学业。夏天到了，我看到小马穿了一件新衬衫。那衬衫不是棉的，也不是的确良的，那新面料，我在王府井百货大楼看见过，叫特丽灵。新衬衫，有点儿显眼，我有点儿担心，会不会有人说什么呢？会不会影响以后的助学金标准呢？会不会有啥反应呢？想来想去，我还是开口提醒了小马，以后买衣服别太显眼，免得有不好的影响。小马诚恳地说，对，当时没想那么多。我又后悔了，人家小马好不容易添置了一件衣服，我还这么多事儿！

我怎么那么像谢慧敏！

在大学的最后一个学期，我们进入实习，同学分散在各个城市的电台。那几个月，全国正在进行“真理标准讨论”。23 岁的我，头脑活跃起来，一会儿不安，一会儿清醒，一会儿迷惑，在苏州那安静的老城，我的思想激荡着。我关注着“真理”“实践”这样的严肃命题，也经历了从未有过的自我反思。

从小到大，曾有过多少盲从僵化？

什么叫理智地面对复杂社会？

我有独立思考的意识吗？

我有观察、质疑的能力吗？

今天，我还要当谢慧敏吗？

开饭啦

开饭了！去学校的大食堂，要带着生活委员杨曼发的饭票，有人记得是每人每月 14 元 5 角，也有人记得是 15 元、16 元。粗粮、细粮、米票、面票，那是要弄清楚的，不然，月底的日子就不好过了。那时，我们在稿件里会读到这样的话：十年浩劫使得国民经济到了崩溃的边缘。那时还是票证时代，虽然能吃饱，但伴随我们多年的“紧缺经济”现象还延续着，一碗汤，一碗面，我们还得紧着。

粗粮票给了男生 徐小宁

那个年代，吃的食物非常匮乏，学校的伙食票分为粗粮票、白面票和米票，粗细粮搭配食用。

我生长在南方，玉米窝头那种粗粮还是吃不惯，只能是偶尔吃一次。

好在我的饭量很小，那会儿吃得不多，六斤米票和面票就够吃了，于是，粗粮票都给了长身体的男生。

不带薪的饿汉子 肖泽红

工农兵学员在校学习期间，分为带薪的和不带薪的。带薪的大多是从电台来的，而从农村来的、从知青中来的，就不带薪。我和马进德等其他同学是不带薪的，每月由学校发给一十六元五角钱的菜票，二十八斤饭票（含有粗粮票、面食票和米饭票），三元钱的现金生活补贴。男生本来饭量就大，北京又没有亲人可以蹭饭吃，每日三餐都在学校食堂吃，饭票和菜票都不够吃。班上有家在北京的几位女同学，他们每个周末可以回家吃饭。记忆中，像杨曼、侯玉茹、关蕾、周环等同学都将自己节余下的饭菜票送给马进德同学，我也接受过她们的援助。饱汉子不知饿汉子饥，当一个人吃不饱的时候，有好心人援助你钱和粮，感激之情铭记一生。

省下钱粮寄回家　唐丽珍

上大学，对我个人来说是大好事，而对于我的农村家庭来说，如同损失了一员干活的大将。在生产队里，我挣着女劳力的最高分：五分。赶上好年景，一年能分到近三百斤粮食，遇上不好的年景也能分到一百多斤粮食。在那忙吃“干”，闲吃“稀”，一日三餐窝稀咸（窝头、稀粥、咸菜）的年代，总算对付着能填饱肚子。

我这一上学，少了一个挣工分的，又没了我这份口粮，家里如同雪上加霜。好在那时上大学，学校管吃管住，不用家里负担，不然，这个学真是上不起。

来到学校，在生活上那叫一个天翻地覆，天壤之别。学校每月有近三十斤的粮食吃，还有每月大概15元的伙食费，一日三餐馒头、窝头、米饭，中午有好几个肉炒菜，这样的饭菜，在我们农村只有过年这几天才能吃到。

看着学校的饭菜每天像过年，我却高兴不起来，想起了农村我的家：上有年迈的奶奶，年过半百的父母一年到头在地里刨食，还有穿着补丁摞补丁衣服的侄儿们。想到这些，学校的饭我吃不下去——我要节省下来，补贴家里。

怎样补贴家里呢？我精打细算：学校早晚有粥、窝头，才几分钱，咸菜免费吃，这就是我的早晚饭。中午只吃最便宜的菜，大木桶的汤是白喝的，汤泡米饭是常事，为了不让同学们看出来，我都是最晚去食堂打饭，有时躲在一边，远离同学们的视线。

这样，每月能节约出十几斤粮票和五元钱，寄回家。

在穿着上，两年来我用每月15元伙食费节省下来的钱，买了冬夏各两套衣服。冬天还好说，几天换洗一次，一到了夏天，尤其是阴雨天，换洗衣服成了难题，早晨起来一摸衣服还没干，硬着头皮穿上潮湿不干的衣服去上课。

在上学的两年里，去北京市里更是屈指可数，好容易去一次，还要算计车票，借小敬的月票也是常事，现在想起来是一件多么不光彩的事呀！可是没办法，一个“穷”字，要把一分钱掰成两半花呀。

两年的时间里，我为家里共寄了近三百斤粮票、一百多元钱，我父母常说：及时雨呀！

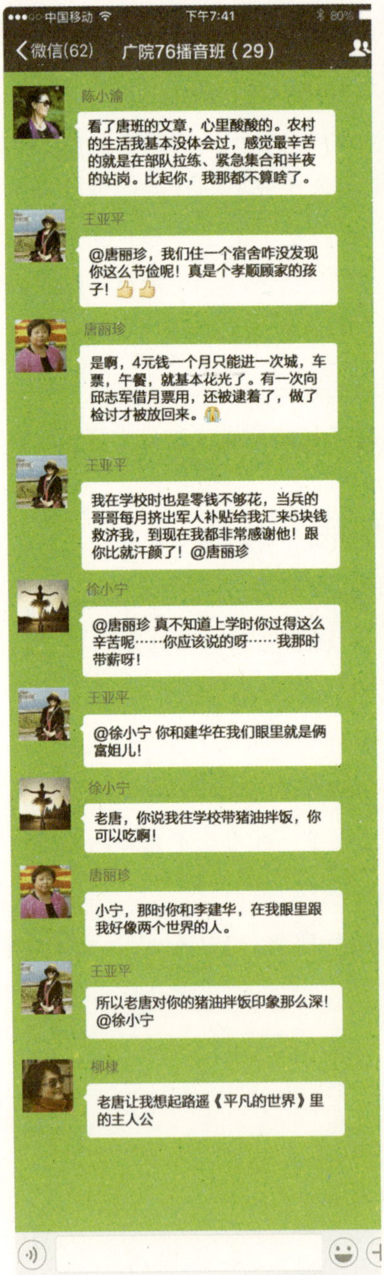
中国移动
下午7:41
80%
微信(62)
广院76播音班（29）
陈小渝
看了唐班的文章，心里酸酸的。农村的生活我基本没体会过，感觉最辛苦的就是在部队拉练、紧急集合和半夜的站岗。比起你，我那都不算啥了。
王亚平
@唐丽珍，我们住一个宿舍咋没发现你这么节俭呢！真是个孝顺顾家的孩子！
唐丽珍
是啊，4元钱一个月只能进一次城，车票，午餐，就基本花光了。有一次向邸志军借月票用，还被逮着了，做了检讨才被放回来。
王亚平
我在学校时也是零钱不够花，当兵的哥哥每月挤出军人补贴给我汇来5块钱救济我，到现在我都非常感谢他！跟你比就汗颜了！@唐丽珍
徐小宁
@唐丽珍 真不知道上学时你过得这么辛苦呢……你应该说的呀……我那时带薪呀！
王亚平
@徐小宁 你和建华在我们眼里就是俩富姐儿！
徐小宁
老唐，你说我往学校带猪油拌饭，你可以吃啊！
唐丽珍
小宁，那时你和李建华，在我眼里跟我好像两个世界的人。
王亚平
所以老唐对你的猪油拌饭印象那么深！@徐小宁
柳棣
老唐让我想起路遥《平凡的世界》里的主人公

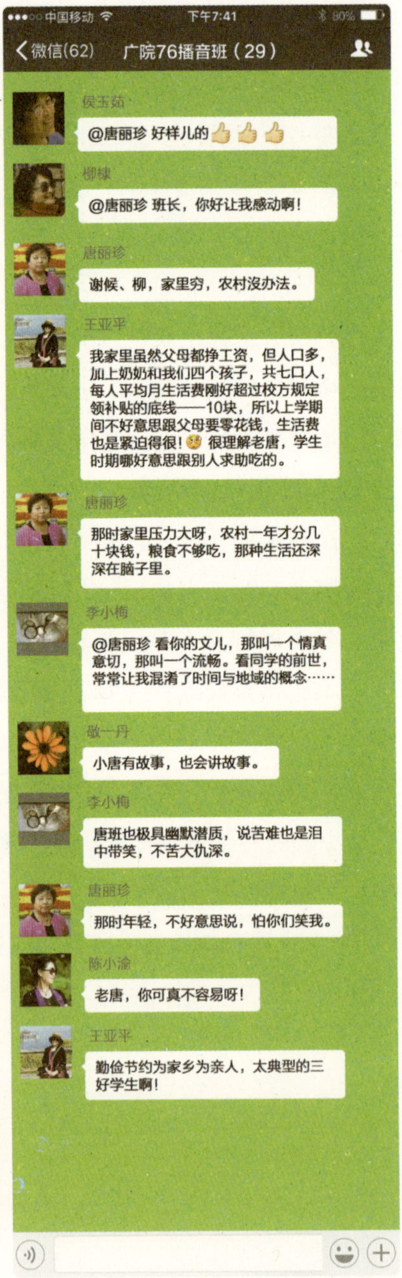
中国移动
下午7:41
80%
微信(62)
广院76播音班（29）
侯玉茹
@唐丽珍 好样儿的
柳棣
@唐丽珍 班长，你好让我感动啊！
唐丽珍
谢侯、柳，家里穷，农村没办法。
王亚平
我家里虽然父母都挣工资，但人口多，加上奶奶和我们四个孩子，共七口人，每人平均月生活费刚好超过校方规定领补贴的底线——10块，所以上学期间不好意思跟父母要零花钱，生活费也是紧迫得很！很理解老唐，学生时期哪好意思跟别人求助吃的。
唐丽珍
那时家里压力大呀，农村一年才分几十块钱，粮食不够吃，那种生活还深深在脑子里。
李小梅
@唐丽珍 看你的文儿，那叫一个情真意切，那叫一个流畅。看同学的前世，常常让我混淆了时间与地域的概念……
敬一丹
小唐有故事，也会讲故事。
李小梅
唐班也极具幽默潜质，说苦难也是泪中带笑，不苦大仇深。
唐丽珍
那时年轻，不好意思说，怕你们笑我。
陈小渝
老唐，你可真不容易呀！
王亚平
勤俭节约为家乡为亲人，太典型的三好学生啊！

朝思暮想的那碗面　敬一丹

我从小就酷爱吃面条，怎么吃都行，怎么吃都不够。早上晚上，春夏秋冬，对面条——管它荤的素的——总有食欲。

可是，我们当学生的时候，食堂没有面条。

也不是绝对没有，听说病号饭就是面条。

于是，我私下里想，我咋不病一场呢？后来，终于病了，好像是夏天，消化不良之类的，到学校卫生所，找医生开药，拿了药，磨蹭着不走，胆秃儿地，也就是弱弱地说：

"能开个病号饭吗？"

当我拿到医生开的那张薄薄的小纸片的时候，就开始盼望那病号饭了，那是怎样一碗面啊！我想象着它的样子，是挂面，还是切面？是热汤的，还是炸酱的？会有鸡蛋吗？是荷包，还是甩袖？我是在食堂吃呢，还是端回宿舍吃？在食堂没凳子，一个凳子也没有，吃得不够享受；回宿舍吃？要是小梅小渝她们旁观的馋了咋办？

到了食堂窗口，递上小纸条，巴望着那碗面。

一小会儿，面递出来了，那面，不知煮了多久，搁了多久，温吞吞，黏糊糊，没有西红柿的红，也没有菠菜的绿，更没有鸡蛋的黄，它面目模糊，简直就像一碗剩汤面，甚至是糨糊！

唉！我站着，把那碗面草草地吞了。

以后，我再也没有病过，也再没机会试试病号饭。

我们的生活委员杨曼每月发饭票的时候，我们都盯着那米票、面票、粗粮票、细粮票，仔细数好，我一个月伙食费 14.5 元。

有一天，老曼神采奕奕告诉大家：除了饭票，还给每人发点儿零花钱。这位北京大姐用好听的声音启发我们这些外地的：你们进城时，可以拿这个钱去吃点饭什么的。啊！真是喜出望外！发了两块还是四块钱，我记不清了，反正进城有吃饭钱了。

那天，我来到王府井东风市场的湘蜀餐厅。这个地方，我妈来京出差时曾带我一起来过，当时，妈妈买了两碗面，告诉我，这叫“担担面”，本是四川人挑着担子卖的。噢，真好吃！吃一次我就爱上了。

这次，我奔着面来了。

店里排队的、抢凳子的，熙熙攘攘，我花了三毛二，买了一碗担担面，小心地拌开、拌匀，慢慢地享受每一根儿面，每一粒儿芽菜，最后把碗底儿的麻酱都吃干净。

嗯，好像有点儿没吃够。

想了想，没舍得再买一碗，好像再买一碗很不应该似的。再说，同样是三毛二，还可以换个样儿花，如果买二两“酸三色”水果糖，慢慢吃，可以享受一星期呢！

那时，没有去过湘，也没有去过蜀，而这个湘蜀餐厅给我带来这样的口福！恋恋不舍地从餐厅出来，在车水马龙的东风市场门口，遇到了小梅。不知我当时刚吃完面是个什么模样，小梅回到宿舍笑道：遇到小敬了，正擦着嘴呢，心满意足的！

工农兵学员的最后一个学期，我们开始实习了。我和王征被分配到苏州。

在苏州电台的食堂，我看到厨师一碗一碗地分别给职工煮面，先是奇怪，后是欢喜！

俺在东北是大锅饭，到学校又是大食堂，粗糙了这么多年，而眼前南方的面，怎么这样贴心啊！

锅里的水沸腾着，一小团面条在水里舒展开来，新鲜，筋道，绿葱花，香油珠儿，热乎气儿！我的天啊！从此，我天天排队等着那碗单煮的面，等着的时候，咽着口水，浮想联翩。

女生们

女生，在大学校园里，是多样的风景。

在同样的校园里，这个女生与那个女生，有着不同的心思。春日里，年长的大姐下了课就在挂念幼小的儿女，年方二十的姑娘还在花前烂漫着；秋风中，北方女生遥望着家乡的庄稼，南方女生去亲近香山的红叶。

在不同的时节里，这个女生和那个女生，有着同样的憧憬，为了明天，在意今天，就像后来广院校歌里唱的：珍惜春光，珍惜春光。

1977—1978 年，春夏秋冬两个轮回，她们的生活背景从灰色渐变成多彩，遇到美，遇到爱，她们的眼神活泼起来，她们的体态轻盈起来，女生的心在慢慢舒展。

我的宿舍我的家　208 舍友

我们 208 宿舍的窗子正对着通向主楼的路，路两边有高大的白杨，白杨树干上的“大眼睛”日夜望着宿舍里的六个女生。

靠窗西边，是小兔郑瑞霞。一看她的床铺，就知道她的性情了，干干净净，井井有条。她来自河南开封台，不仅专业优秀，待人也和蔼可亲，生活中说话也是轻言细语的。她穿衣总是碎花花、细格格，看起来和人一样，淡雅舒服。她，白净温婉，常常给人暖意，行事周到有分寸，从不和别人大声理论纷争，所以被外号“小兔”。

对面周环来自新疆兵团，北京长大的周环眼睛黑黑的，亮亮的，有一种北方味道。她还有点懵懵懂懂的，穿衣打扮完全看心情，有时随随便便，有时漂漂亮亮。她特立独行，水房里常常飘荡着她低沉神秘的歌声，至今想起来依然缭绕在耳旁。她爱思索，爱倾听，专注的样子很美。在她床上，新疆棉花做的厚被子包裹着她，她就像包子馅儿一样，在温暖中期待入梦。就在她辗转反侧，还没睡着的时候，她的上铺回来了。

李小梅（前左）、周环（前右）、郑瑞霞（后左一）、
敬一丹（后左二）、柳小平（后右二）、陈小渝（后右一）

周环的上铺是敬一丹，她来自黑龙江林区广播站，傍晚，小敬通常都是在教室自习，很晚回宿舍。“闭灯！”小梅用东北话发出熄灯号，东北老乡小敬听着很顺耳，悄然爬到上铺，秒睡。小敬是我们班的党支部书记，现在回想当年的她，稳重谦让，知礼勤奋，关爱同学，有同学说，她有着一双洞察一切的眼睛，有着一张实话实说的嘴，有着一颗善良大爱的心。因为她是那样克己守纪，舍友当时感觉她特像小说中的“谢慧敏”。

靠门边的是陈小渝，自称是贵州电视台的山东重庆妞。鱼儿当过兵，床铺整理得准军事化；鱼儿当的是文艺兵，走路坐姿都有模有样。鱼儿性情也好，随和。大事化小，小事化了，绝不为鸡毛蒜皮和人争执。小鱼爱美，水灵灵的黑眼睛本来就美得迷人，再穿着当年最时尚的一身绿军装，再点睛之笔似的在脖子上系一条小小红纱巾，这还不够，小鱼儿爱把刘海儿弄出几个卷儿，一个个的小圈圈在鱼儿的额头上显得很俏皮。老师戏谑说像“车轮滚滚”，《车轮滚滚》是当时热映的一部电影的名字，于是立刻传为美谈。

门背后下铺是柳小平，我们班团支部书记，聪慧爽朗有主见。她来自湖北人民广播电台，进校之前的播音就已经在湖北小有名气。别看小柳一米七几的大个儿，但她的声音甜美细腻。听她的播音简直就是美的享受，专业水准在班里数一数二。这个长江边来的武汉姑娘还是特长生，她是校游泳队主力队员，训练比赛挺忙，可一点不耽误上课考试，好像干什么都不吃力，一直都自如轻松。窗外白杨叶子一闪一闪发亮，我们全宿舍的人都熟悉了一个男生在窗下的呼唤："柳小平，柳小平——"学播音的女生们也都敏感地挑剔着，他的发音不够标准，他说的是"柳小 pin"。

来自西藏电视台的东北姑娘李小梅，在小柳的上铺，她从上铺下来，从不用梯子，双手稍扶床沿就滑溜下来。嘿！有同学叫她小猫，除了她有明亮的大眼睛以外，是不是和她的矫健有关呢？她是全校出了名的校花。她高挑的身材乌黑的短发大大的眼睛长长的睫毛，自然洒脱落落大方的仪态仪表，一进校门，就成了全校男生仰慕的对象，我们 208 宿舍的门槛几乎被那些仰慕者踩平了，尤其是摄影系的师兄们更是频频来邀，他们拍摄的人像作业展示出来，几乎就是小梅的肖像专展。小梅有绘画的天赋，想象力丰富，日常趣事都是她的素材。那时，小梅痴迷练习气息控制、吐字发声，她画出来的画面是这样的：学校食堂打饭的窗口，打饭同学发音："半个馒头一碗粥。"吐字气息把大师傅高大的白厨师帽喷到了半空中，哈哈！小梅有灵感就随手画，慢慢地积攒了一本画册，画册在同学之间传看，可惜后来不知传到哪儿去了。

208 宿舍的室友们就这样从天南地北走到了一起。用小梅的话说："那时候宿舍东西都没有锁，都不设防，心理上也不设防。"按小鱼的话说："嘻嘻哈哈，大大咧咧，风风火火，慢慢吞吞，乐乐呵呵，我们就这样生活在同一屋檐下。"风雨同舟，走过两年的时光。毕业了，大家即将分别，208 的六个人都流泪了，大家走进首都照相馆，留下一张珍贵的合影，成为永久的纪念。小敬赠给每个舍友一本小影集，扉页上写着：记住我们 208 宿舍的友谊吧！

我的宿舍，我的 208 舍友啊！每每记起我们的 208 宿舍，心中都是满满的温情。

俩孩妈妈来上学 刘凤英

从北京到青海，在省电台工作了十几年，我愈发觉得自己的知识和业务水平是远远不够的，我想去继续学习和深造。

1976年我被推荐到北京广播学院上学。那一年，我已经32岁，是班里年龄最大的，同学叫我老刘、刘大姐。

那时，我已经是两个孩子的母亲了。

上学，孩子怎么办？孩子都还很小，儿子五岁，女儿一岁，爱人又在青海工作，我只好把两个孩子送到爷爷奶奶家，但是孩子们水土不服，又只好带回青海由丈夫照看。一个男人照顾俩孩子，太不容易了，我又拖儿带女将孩子们带回北京，由哥嫂及家人共同帮助照顾。周末，我放下课本，赶紧挤车进城去和孩子团聚，而周一回到课堂的时候，我还会不时想起孩子的小样儿。

在校期间，班里同学对我的帮助很大。记得上发音课时，由于我以前学的都是老式拼音，没有学过现代汉语拼音字母，一切还得从头开始学。这时班里的同学耐心地帮我找到学习的技巧、窍门和规律。

在校那两年，家人给了我巨大的支持和照顾，老师和同学们给了我极大的帮助和鼓励，我才能克服种种困难，最终顺利完成学业。

走出校门，我34岁。

同窗四姐妹 谢克荃

那时候，我和韩菊、小唐、亚平四个女生走到哪儿都形影不离。

有一次我们一道出去玩儿，看到一个小孩儿，我随口就说："这个小孩（亥）真好玩（完）！"

亚平立即给我指出："孩儿""玩儿"代表"小""昵称"等，都必须儿化才能好听。韩菊干脆走到我跟前，对着我张口发音，示范给我看，耐心地教我发音要领："发儿化音要在前一个字音的尾部，舌尖轻轻一卷，合二

同窗四姐妹：王亚平、唐丽珍、韩菊、谢克荃

为一就行了。”小唐班长像一位严厉又慈爱的大姐，她听了我的发音后，直截了当地对我说：“小谢，你的舌头有点儿僵硬，不自然，多练练就好了。”

我一直认为自己说的是标准普通话，到北京才知道自己说的是一口带着浓重安徽乡音的普通话。平时聊天，她们一听到我发音中带方言，就毫不客气地让我“打住”，然后盯着我的口型，一次一次纠正，一遍一遍示范，一句一句点拨，直到认为我的发音正确方才罢休。

专业上互相切磋、共同进步，生活上相互关心、真诚友爱，我们是同窗，更是姐妹。

我当班长 唐丽珍

刚到学校没几天，我就被班主任陆茜老师叫到办公室，给我下达了当班长的任务。

为什么让我当班长？我也不敢问。在回班的路上边走边想：是因为我的年龄大（当时我已经 26 岁了），还是因为我的党龄长（我 1974 年入党）？我陷入了沉思。

我能干好吗？“文化大革命”中全国女劳模大寨党支部书记郭凤莲以及邢燕子的先进事迹，在我的脑子里一一闪过，她们是我的榜样——我身上产生了一股劲——干，就要干好。

76 播共有 29 名同学，大部分来自各省市电台，有些工作经验。也有的来自工厂、部队、农村，没有播音基础。在年龄上，也有很大的差距，有的已经是孩子的妈妈了，但多数是二十几岁的小青年。但大家有一个共同特点，就是根红苗正，在政治上有上进要求。

经历的不同，阅历的不同，年龄上的差距，也暴露出了一些问题，按现在时兴的说法叫“代沟”。有的同学在纪律上随随便便，早晨不按时起床上操，不练声，上课迟到早退，时时发生。

根据这些问题，我给班里定了一个目标——“班风正，学习精，团结纪律是保证。”

我首先抓了班委会的工作：一是具体分工负起责，周末晚必须开班委会，总结一周功过，提出下一周的任务；二、成立团小组，发挥青年团的作用；三、建立学习小组；四、一帮一。

2016 年在贵阳举行的四十年同学聚会上，杨曼、毛舒宁对我说：“你那时当班长，长着一张不会笑的脸，一张阶级斗争的脸。我们都笑你。”

同学的话让我思索。当时对同学那样严肃，是树立我一个班长的形象吗？也许是吧。

学校百废待兴，到处在建设，校园的路上散落着大片的沙石料。那时没有清洁工，我的脑子只想着，让校园干净，让班里有个集体观念。说干就干，我提议组织全班打扫校园卫生，搞个义务劳动。

大多数同学积极响应，你铲沙子我扫地，干得热火朝天，但也有的同学牢骚不断，说这都是小学生干的事，这都什么年代了，还搞这一套。旁观的学生也投来了异样的目光。

我疑惑了，难道是我不对吗？但我只有一个信念，义务劳动没有错。我当时对那些有牢骚的同学，毫不客气地进行了批评：你们还是工农兵大学生，这点苦都吃不了，以后怎样走向社会？

不管高兴也罢，牢骚也罢，总之完成了这次义务劳动。但我的“严肃”也第一次显现出来。

农村的孩子朴实直爽，这也造就了我的性格，有一说一，有二说二，直来直去，不讲究什么工作方法。

下课老师走后，我会站在讲台前，直接点名批评：××，老大不小了，就不能自觉点吗？

批得同学默默无语。

社会大气候变化，学校也不是静水一潭。灰、蓝、绿清一色的服装也在悄然变化，有的女生穿上了裙子，烫了时髦的头发——我大课讲，小课批，你们穿得是不是“太露骨”啦！注意你们的影响。

闹得同学们你看看我，我看看你，不敢吱声。

强势的态度，俨然一个严厉的家长在训斥不听话的孩子，有种恨铁不成钢的气氛，好在同学们没有“抗议”。

由于同学们思想基础好，再加上严格的班纪律，76播音班的面貌焕然一新。

上课认真听讲，一课一小结贴满了教室的学习专栏，介绍经验讲体会。小课的气氛更浓，你帮我发音，我帮你纠正。

文体活动更是有声有色，操场上的排球比赛生龙活虎，柳小平、李小梅的游泳比赛打破了高校纪录，秦鲁滨专业水准的乒乓球更是无人可比，陈小渝的优美舞姿震住了全校师生，76播音班的六人诗朗诵作为北京庆五一节目响彻在颐和园的上空。

对于76播的工作，我认真了，我负责了，76播音班“朝气蓬勃，团结向上”的精神，也让我骄傲。

军装也穿出妖娆　徐小宁

我们班同学来自工农兵，我就是一个兵。由于是从部队退役回到地方的，又由于我一直有着部队情结，在大学里的穿着，仍是以军装为主。

只不过，我和同为复员兵的李建华，都悄悄地把军装的衣裤加以改动，上衣的腰部稍微收进去一点，裤子的裤腿也都改细了一点，穿起来觉得十分合体。

但是，没有领章帽徽的军装，色彩上略为单调。所以我们班三个从部队退役来上学的女生，就把红色或鲜艳花色的围巾系在脖领处，作为点缀品，以致被人们议论"穿着妖娆"……

在那个灰黑年代，这样的穿着可是最为时尚的呢！

航空母舰与美人鱼　柳小平

学校成立了游泳队，我和小梅成了主力队员。

小梅漂亮极了，开始我以为，这么漂亮，可能是个娇嫩的女孩，但很快我发现自己判断有误，她和娇嫩完全不沾边。

北京的冬天天寒地冻，学校后门的路上，有一条特别长的结冰带。小梅在我身边一猫腰，噌……就滑出去 30 米，看得我目瞪口呆，太有范儿啦。东北话，这叫"出溜滑"。

每天我们一起坚持洗冷水浴，直到寒冬腊月。我俩站在水房里接上满满一盆冷水从头浇下，身上顿时腾起热气——那叫一个神清气爽。

柳小平和李小梅

我俩在大操场上跑步，一圈一圈又一圈，直到大汗淋漓。

在泳池里训练更是拼尽全力，我们在浪花里追逐，直到精疲力竭。

许多同学喜欢到泳池来看我们训练，还给我们起了外号，叫我"航空母舰"，叫小梅"美人鱼"。

1977 年的北京市高校游泳比

赛，小梅拿下仰泳100米冠军并打破高校游泳纪录，我也获得自由泳100米冠军，我们的混合泳也取得好名次。

据说这是广播学院建院以来，在市级高校运动竞技比赛中取得的最好成绩。这个成绩至今无人打破。

美人鱼学鲶鱼　李小梅

我爸山东人，总爱说：跟着鲶鱼学鲶鱼，跟着嘎鱼学嘎鱼。那意思就是“近朱者赤，近墨者黑”，以此教导我择友的哲学。

在学校，我就喜欢上小柳了，也没考虑人家是否喜欢我，反正我啥事都爱跟着她。

数九寒天，她跑水房去洗凉水浴，我跟着。那一大盆冰冷的自来水顺着脑袋往下浇啊！要不是跟着鲶鱼学鲶鱼的坚定信念，我说什么也没这不怕冷的毅力。

我们的游泳当年绝对是“横扫高校无敌手”，所以都被体育老师钉着哄着去训练。第一年北京高校游泳比赛前的训练，甚至学校组织的学农劳动，我俩都被“特赦”了。

小柳性格倔强，训练那个刻苦啊！400米一圈的大操场，清晨，我跟着她呼呼地猛跑，一圈又一圈儿！

比赛期间，我们第一次见到“活老外”，是个阿尔巴尼亚留学生。那一年，北广游泳队叱咤风云，横扫北京高校，包揽了多项第一名。其中的自由泳第一名、仰泳第一名和二百混合泳纪录是小柳和我的。

游泳队五朵金花

看台上一片欢呼。老外“阿尔巴尼亚”，还特意跑到泳池边对我们竖起大拇指，说：“了不起，广院！”体育王老师，都快乐晕了。

清楚地记得，在广院游泳池，小柳给我唱了一首湖北民歌。广院的破旧游泳池，墙外就是农村了。小柳站在池边，引吭高歌！空旷的看台和池水，都是最好的声音传播媒介，艾玛！那声音至今回想起来还能感觉到那上天入地的穿透力！我站在池边都听傻了……

我们还一起逃课看过电影……

按理说，个性中一定有相似的地方，或是相近似的价值观，俩人才能相互吸引。小柳喜欢笑，骨子里有很天真烂漫的孩子气，爱憎分明。这很吸引我。

男生看女生　马进德

班里还有两个女同学让大家尤其是男生多年难忘：柳小平和李小梅。她俩不仅人长得漂亮，而且都是游泳健将。那年代，举国男女，着装大同小异，尤其青年女性很少能够通过服装展现身体曲线之美，绝大多数女生在男生看起来都是“一马平川”，缺乏魅力。

而我们班里这两位穿泳装的女同学，就成了校园游泳池里的惊艳女神。记得当时不仅我们班的男生喜欢到泳池看她俩游泳训练（其实是欣赏那时难得一见的女性身体），而且外班那些留长发、抹雪花膏的“小白脸儿”们也纷至沓来，或跳入水中，或围在池边，搭讪找话说这说那，眼睛滴里咕噜地转来转去……

柳遇到柳　柳小平

广院一号教学楼的一楼有间传达室，传达室外面挂着一块小黑板，上面写着有信件、有汇款学生的名字。

当年我是带薪的工农兵学员，每个月湖北台都按时把我的 30 元工资汇到学校。

一到月中，小黑板上就写着：“有汇款，湖北 ，柳小平，柳小满”。或者：“有汇款，湖北 柳小满 柳小平”。

同学们都在打听，你们是兄妹俩吧？你们是姐弟俩吧？

我和他都解释，不是不是，原来都不认识。

同学们说，谁信哪，姓柳的本来就少，都是湖北的，名字就差一个字，一家子的吧？

每个月，小黑板都会提醒我们对方的存在，渐渐地，我们真的相互关注起来。

1977 年五一国际劳动节，我们学校有一个原创诗朗诵节目到北京工人文

六位同学参加北京工人文化宫演出诗朗诵

化宫演出。诗歌由 75 级编采班写稿，我们班朗诵。

我们班选出优秀的三男三女，往台上一站，那叫一个漂亮——容貌端庄，身形出众，声音优美，男女搭配无可挑剔。

我们宿舍小郑同学是入选的女生之一。课余排练，我们都去看。

一天张颂老师来辅导排练，身后跟着诗歌作者——哇，是他，诗歌是柳小满写的——我心里对他顿生好感，还有点才华呀。

放假了，我们一起坐火车硬座从北京回武汉。火车经过河南，上来不少农民，车厢里拥挤不堪，过道上站满了人。

我们从北京先上车的自然有座位，河南农民上来后就很少有座位了。坐在我对过的柳小满使劲往里靠，腾出点地儿，让站在他身边的河南农民紧靠着他坐下来。

我心里对他又生好感——还挺善良的啊。

在学校，周末同学们相约着到北京市中心去玩。

下了公汽，走着走着，同学们要么很快就走到前面不见人影了，要么就慢腾腾的等也等不来。就剩下我和柳小满俩人一起走。

就这样，我们俩真走到了一起。

就是这个女孩儿　郑瑞霞

第一次见到他，是在广院 2 号楼 208 宿舍。

当时我被陆老师封了学习小组长，韩菊、唐丽珍、小宁、焦津胜、马进德、王延华都集合在 208 宿舍，准备开小组会。

门又开了，进来一位身材高高的男生，穿一身蓝色警服，脚下套着一双到膝盖的黑色长筒警靴，灰头土脸，像是刚执行完外勤任务的警察。

顿时，觉得这个男生很神秘，而且冥冥之中——好象在什么地方见过？

我起身正要问话，他说："我叫王征，是来开会的。"

后来聊起这事儿，他说，当时满屋子人，我只看到你一个，感觉似曾相识——就是这个女孩儿！

为了能快速适应话筒前的状态，老师给我们组成了"一帮一，一对红"的对播形式，有播音经验的和没有接触过播音的男女生搭配。

我和王征被陆老师配成"一对红"。

我入学之前在开封市广播站做了 7 年播音员，王征曾是黑龙江生产建设兵团的北京知青。因"文革"期间父母被发配到宁夏，返城时，他就随父母到银川当了警察。

其实王征酷爱无线电专业，曾梦想去清华、北邮、北航等大学的无线电系念书，但那时他没有这样的选择机会。一直梦想回北京的王征接到广院入学通知书，真是天上掉下了大馅饼，不管什么学校什么专业，卷着行李就出发了。

到了学校，对播音一窍不通的王征有了自卑感。

老师给我们组成了"一帮一"，记得当时他说："我不懂播音，连累你了。"

我说："没关系，我们共同努力，到毕业的时候肯定行！"

他对我的回答有点感动。

其实刚开始学习播音，就从学习说话开始，没那么高深的理论。但王征是一个非常认真的人，理科的思维方式使他很快陷入了一个学习误区——他整天研究口腔的构造、发声原理等一些生理解剖上的问题。

有一次上大课讲吐字发声，老师让王征到讲台前示范“啊”的发声，他“啊”了几声，怎么都发不准确。

老师就让他站到墙角，固定住他的两个肩膀，把头摆正，再让他发“啊”。

在全班同学众目睽睽之下，王征紧张得竟然发不出声音来了。

同学们哄堂大笑，我却怎么也笑不出来。

那时我暗下决心：帮他学会说话，学会播音。要不然，这两年大学他就白上了，国家白培养了一个大学生。

现在想，我思想觉悟还挺高，而当时我真是这么想的，向毛主席保证！

后来，我们持续了两年的“一帮一”。

再后来，毕业后两年，我们结成了一对夫妻。

相识相伴 40 年，2016 年秋，轻轻地，他走了。

郑瑞霞、王征三口之家

在同学相识40年大聚会的前夕，在我们的小孙子即将诞生的时候，他离开了无限留恋和热爱的亲人，留下了无尽的思念……

小白兔和大灰狼 王亚平

小郑嫁王征？我心头充满疑虑：小兔那么温婉娴雅，咋嫁给一只坏坏的大灰狼呢？

1976—1978年同窗两年，我对王征的了解仅限于：高高的个头，常穿一身公安蓝制服。观察对方时，会习惯性地乜斜着一双带点阴郁的大眼，上下打量人——不夸张地说，你会接收到一股寒气。

那时知道此人来路特别，入学前身份是宁夏公安厅一警察。就其行事风格，我们私下称他“雷子”。

因为不在一个学习小组，平时没啥交集，印象里，这人纪律涣散我行我素，不太合群，像一匹“独行的北方狼”。

两人性格差异蛮大的，他们的结合将会咋样？

时光荏苒。2013年某日，我被拉入76播微信群，同学们一阵嘘寒问暖。王征在群里言语不多，但凡事总能说到点儿上。群员需要解决网络电脑方面的技术难题，推到他那儿总是不费吹灰之力，所以大家直呼他“王总监”。

言来语去之间，我加深了对王征的了解，逐渐看清了“大灰狼”的本质。

貌似不按常理出牌的王征，其实掩饰了一副聪明智慧和侠骨柔肠。

比如看到新式厨具就马上研究其可行性，进而不惜重金购置给老婆用。我这个善于厨艺的主妇从未考虑过的电饼铛、炸锅、自动炒菜机等新型电子厨具，他家一应俱全，说是给老婆提供减轻劳动强度的设备，让她健康劳作乐此而不疲。还扬扬得意地说，他去转了很多家私店，选到一款性价比超高的角柜，摆进厨房那合理程度竟如定制，还发照片给同学看。

嘿嘿，厉害了我的哥！表面上很大男人气势的王征，原来是个细心体贴的暖男。小兔子和大灰狼的同框，竟是令人羡慕的互敬互爱的画风，这着实让我彻底改变了曾经对王征的误判！

不曾料到，王征于 2016 年 9 月病故，令人嗟叹，无限惋惜。

击鼓传花

本来，想用“击鼓传花”的方式把同学连起来，也把同学的记忆唤醒，写下当年一个个同学的模样。传着传着，嘻嘻哈哈就传乱了。同学间，你中有我，我中有你，好吧，那就随便写吧。一个瞬间，一个场景，一个印象，一个表情，写出老同学有缘有情的记忆。不管时间多久，不管距离多远，老同学总能一下子接近，因为，那年月，那校园，我们曾经感受过彼此青春的气息。

敬一丹年轻时的样子 董传亮

1976年12月，广院最后一届工农兵大学生开学了。本应是10月份开学，因当时形势推迟了两个月，76播有29名同学，开课时也只到了三分之二。

北京的冬天很冷，三楼播音班的大教室一到晚上暖气就停了。我进去晚自习，见一位女生也在大教室看书，这位女同学短头发，穿着一身公安蓝的衣服，一双大眼睛有点职业女性的味道。我们相互都不知道对方的名字，见面也只是客气地点点头。因为教室冷，这位女生过一会儿就搓搓手，搓搓脸，跺跺脚，活动活动。

一连几天，都看到她吃完晚饭就来到教室，我心想，这位女生真有毅力，挺特别。

有一天，我忍不住问她："大教室这么冷，你不在宿舍看书，干吗在这里看？"

她看了看我，说："我觉得年轻的时候，怎么不舒服就怎么做，可能对以后有好处。"

当时我不知道怎么回应，只说了声"噢！"

这位女生就是敬一丹。

敬一丹

敬一丹的那句话，我记忆了几十年，一直到现在，她说话的表情神态，还历历在目。

邱志军帮我换布票　敬一丹

哎呀！这五尺布票要过期了！

我在学生宿舍里收拾东西时，意外发现珍藏的布票马上要过期了。这对我来说，可不是小事。

我从小就特别在意布票。“文革”中，我妈我爸去干校时，我管家里的布票，布票每年发一次，一发下来一大张一大张的，花花绿绿的，有十尺一张的，五尺一张的，还有一寸的。我数这些布票时，眼睛、手、心都是在享受。我记得那时候布票每人二十四尺，小孩还要少一些。

记得在一个冬夜，姥爷和弟弟全都睡了，我在灯下仔细地补一条针织棉毛裤，那是妈妈以前穿过的，没有带走，破了很多洞，我舍不得布票去买新的棉毛裤，就想把它补好自己穿，不知补了多少补丁，困得我眼睛都睁不开了，终于一个洞也没有了，我满心希望地以为大功告成了，可是一试，竟穿不进去了！原来我用的补丁是旧棉布，是没有弹性的，棉毛裤原有的弹性在一块块补丁的禁锢之下也没有了，所以我穿不进去了。我懊丧极了，哭的心都有，但还是忍住了，哭有什么用呢？

在这样的紧缺经济的环境里长大，我看票证，简直比钱还金贵，这五尺布票要是过期作废了，我实在是受不了。

用了不行？

不行，没有十分必需，不能用，留着关键时用。

那以旧换新？

也不行，人家不给换。

那怎么办？

我问家住北京的同学，有啥办法。小邱说，周末我试试。过了一个星期天，小邱从家里回学校了，我期待的目光迎着他。

他拿出了四尺九寸新布票。

哎，怎么回事儿？

小邱给我解释："我到商店去，观察顾客买东西，发现商店不给以旧换新，但可以用旧票买东西，而如果整票用不完，找零的时候，找回的就是新票了。于是，我就在柜台转悠，看什么东西可以用最少旧布票，找回最多新布票。嘿，找到了，用一寸布票买一缕棉线，找回了四尺九寸新布票。"

我惊喜地拿着新布票，对小邱既感激又佩服。他怎么那么聪明呢？他爱帮助同学又能帮到点子上，太棒了！

毛舒宁 同桌的画 邱志军

记得一次上古典文学选修课，讲的是马致远的《天净沙·秋思》：“枯藤老树昏鸦，小桥流水人家，古道西风瘦马。夕阳西下，断肠人在天涯。”

讲台上，老师深入浅出讲小令，那边厢，毛舒宁埋头苦干画“秋思”。俄顷，四幅素描便告完成，前三幅意境准确，画面简洁，尤其那长耳“瘦马”更是画得惟妙惟肖，似颇得黄胄大师之真传，端的好手法，令人叹服。唯最后一幅“断肠人在天涯”我觉得不够完美（我和毛同桌，因此有幸得以第一个欣赏）。画面左上角一貌似关公的长须男子，站在高高的悬崖边上抚须目视远方做沉思状，右下角是一轮正在西沉的太阳。乍一看挺好，细琢磨就会发现这不是天涯，意境是断肠人在“悬崖”。我把这意见提出后，他深以为然，只见这厮略加思索，唰唰几笔，悬崖下方三朵云彩便跃然纸上。其才思之敏捷、技巧之娴熟，令我等难以望其项背。

我为毛舒宁同学没能加入中国美术家协会而深感惋惜，这样一位天才、明日之星埋没于民间至今未被发掘，实乃我国美术界一大损失。若假以时日，其丹青造诣绝不比播音成就差，甚至成为一代绘画大师也未可知！

杨曼 一帮一，一对红 秦鲁滨

我们班同学水平参差不齐，为此班里开展了“结对子活动”，俗称“一帮一，一对红”。

我属于啥也不会的那种人，成为“扶贫帮助的对象”。我的“一对红”是杨曼。

杨曼，人长得靓不说，还特有欧洲美女的“范儿”。她上学前就是山东电台播音员。她的声音圆润动听，说话就像唱歌似的，连老师都自叹不如。杨曼后来成为中国国际广播电台著名播音员。

我发现，杨曼每天都在朗诵毛主席诗词《长征》，虽然有些纳闷，但也没有去多问。

后来77届新生入学，76播和77播举办了一场联欢会。大家以击鼓传花的形式互相表演节目。随着鼓点节奏快慢变化，红花传到杨曼手里停住了。

只见杨曼同学站起身自报姓名，大大方方地朗诵起来：

“红军不怕远征难，万水千山只等闲……”

她一开口，全场哗然，那优美独特的声音一下就把七七届的新生镇住了！

咦，练习诗朗诵竟然会产生这么美妙的声音？这是我以前从没想到，也从没听到过的。我暗下决心，向“一对红”杨曼学习，非下苦功夫不可，练出最美妙最动听的声音！

一字之趣，一字之师

邱志军：李小梅是东北人，生活中时常流露出一句半句的东北方言。

记得一次劳动时，我们推着装满石头的小推车，一趟一趟地穿梭于既窄又高出地面很多的小路上。

我推着车和小梅走了个对面，她便提醒我：“你靠里边一点，不然小心把你怼下去。”

我从来没听说过“怼”字，全然不知道是什么意思，经过她的解释才明白，大概是“挤”“撞”“杵”的意思，但用“怼”，就显得新鲜、风趣、形象、幽默。这东北话，哈，怎一个“怼”字了得！

徐小宁：有一次我和同学挤公交车进城。那时，梆子井站只有 312 路公车开往建国门，很长时间才有一班车，所以人特别多。车来了，同学们都互相推着往上搡，好容易才挤上了车。

每次后门的售票员都要扯着嗓门对前面的司机师傅大喊一声“关嘞！”意思是关车门了。那一次，售票员照例喊完这一嗓子，我的同学关蕾大声回应：“诶——”

再然后，关蕾在熙攘的车厢里挤到我身边儿问：“小宁，你叫我干吗？”

当时弄得我一头雾水……下车后，我们重拾刚才的经过，才闹明白原委——因为我平时的发音，总是尾音短，车上售票员的一声“关——嘞！”让关蕾以为是我在叫她呢！

马进德：小郑业务好，爱帮助人，还曾是我的一字之师。当时她在播音小课上听我读“行李”一词，说我行李的“李”发得太重了，要轻读。噢，行李、行李、行李……我当她面读了十几次才勉强过关。

肖泽红 梦到什么　金重建

广院 3 号楼永远阳气十足，激情满满。207 寝室四个小伙，小肖最小，他土生土长在湘潭，老为语音问题纠结叹气。他靠门住，我靠窗住，我睁开眼正好看到他的床。这天，不知咋回事，他睡得特别早，半夜听到他的板床嘎吱嘎吱响，我欠身看了他的床一眼，好像还是熟睡的。莫非做梦？我正想再睡去，忽然“咣当”一声。什么声音？这时大白也被这声音惊醒。我起身一看，小肖连人带被从床上掉下来。怎么回事？摔疼了吧？小肖“扑哧”一笑，裹起被子又睡了——他那天究竟是为语音问题着急，还是做了其他什么青春美梦？至今不得而知。

马进德 半条毛巾　肖泽红

班里有一位从新疆巩留县来的回族同学，名叫马进德，个子不高，身材单瘦，常年穿一件洗得发白的蓝色学生装，深蓝色的裤，蓝色白底球鞋，他脑门很宽且突出，给人聪明精干的印象。

我与马进德同宿舍，床挨着床。小马生活非常节俭，一条毛巾，从中间剪开分作两截，一截做洗脸的面巾，一截用于擦脚。不论春天还是冬天，同学们都是穿一双袜子，他穿两双。为什么呢？只有我与他朝夕相处，才知道这个秘密——原来他把脚前有洞和脚后跟有洞的袜子套着穿。

马进德和我一样，家庭经济条件差，但人很有志向，学习非常用功。每个学期的寒暑假，大多数同学都回家了，他却一个人留在宿舍，从学校图书馆借来一本本中外文学名著，如饥似渴地阅读，为毕业后走上工作岗位，奠定了扎实的文学功底。

首席摄影王延华　王福生

王延华非常喜欢摄影，堪称首席摄影。给同学们照完相后，自己在宿舍里洗印。我有时也和大王一道，在夜深人静时，俩人光着膀子开干起来。买来最便宜的黑白相纸，还有影印水等等，挂起两个大度数的电灯泡，就可以洗印照片了。看到自己洗印出来的照片，感觉真是太奇妙了，成就感油然而生。一次，正在洗着印着，我突然要去上厕所，忘了洗印的照片还在药水里泡着，打开门就出去，没想到，光线照进来，照片跑光了。

这可把大王给气坏了，直接开骂，愤怒地把洗印水全部倒在地上。

当时就把我给“造蒙圈”了，傻了，愣了，赶紧赔不是：怪我，怪我，全怪我！唉，这次洗印的照片全部曝光作废了，时间、金钱全都浪费掉。现在想起来还挺后悔呢。不过，经我们自己辛勤劳作洗印出的黑白照片，我至今还保留多张呢，这是王延华留给班里的一笔财富。看到照片，就想到同学之间的情感，就对大王充满怀念。

胖厮王征　马进德

王征，我们叫他胖厮，他常年穿一身警察蓝装，猛一看大大咧咧，有时喜欢较真儿、抬杠。记得在黑山寨学农劳动，我俩就抬起杠来。

胖厮问：马进德你说说，一碗水里，斜插一根儿筷子，从外面看筷子为

王延华（后左一）、王征（后左二）

什么是弯的?

我当时也不太懂，就瞎比画笼统回答说是光的折射作用，这啊，那的，忽悠了一阵儿……

厮胖立马谈了不同见解，我们就争论起来。王征与人争论时，有个习惯动作，要向上翻一下眼珠子。年少气盛的一对儿年轻人，就那么边干活儿边争论，唾沫星子乱溅没完没了，谁也说服不了谁。

后来接触多了我发现，胖厮王征是一个非常喜欢学习并思考的人。他知识底蕴深，外冷内炽，心地善良，大智若愚，对事对人往往有独到见解。

播音专业的摄影师们 王征

我们上学那会儿，照相机还算是半奢侈品，买胶卷、冲洗照片也是一笔不小的开支。哪像现在，人人都是拍照高手。

班里男生有过几个相机：王延华那个还算新，喜欢给美女照相；秦鲁滨，不太会玩，没几天就坏了；白学礼，似乎也有过一个，偶尔露峥嵘；我的，古董级，全是毛病，也就是我能凑合着用；邱志军，可是有一个高级相机，整天藏着掖着，神神秘秘。

那年代，男生是不能给女生单独拍靓照的，班上的美女们给摄影班当模特也是打着“为艺术”的旗号。

我和小敬在苏州实习时，一次去阳澄湖，想要给小敬拍一张洪湖水浪打浪，不敢亲自操刀，请同去的女记者代劳。结果造成相机跑光，全卷报废，至今咬牙切齿。

王延华虽说技术一般，但热情高，班里很多照片都是王延华的大作，我那十几个胶卷和半盒相纸，可都是让他糟蹋的。教学楼西门外墙根那几个破草席，就是我们晚上在小课教室洗照片遮挡门窗用的。

我的技术比王延华好，只是在警局拍过几年作案现场，落下毛病，拍出的照片总觉得少点“活人”气，因此不敢给大家照。

邱志军的技术怎样没见过作品。敢玩那么好的相机，估计也差不到哪去。

没给关蕾照，那是精明，反正早晚要回家，照片再好也不如真人好，何必浪费胶卷。奇怪的是，似乎也没见他给班里谁照过像。你们分析，邱斯带着那么高级的相机到学校，偷偷摸摸是给谁照。

毕业前整理照片，一共拍了 100 多张，那时穷，很多底片没有洗。王延华说把底片带回去洗一套全的。洗好的照片他去分发，给女同学送照片，那可是他最大的幸福。我最后只剩下一些洗得不好的照片。谁知延华不幸早逝，那批底片就此失落。

三轮车前的对话　王征

从北京驶来的列车停靠在苏州车站。车门一开，一个男青年跳下车，放下一个麻袋，转身又从车上搬下一个沉重的行李。

随后一个女青年走下车来，高挑的身量，清秀的面孔，短发，一身半新的布褂，文静，落落大方。

天刚下过雨，晴空白云，微风拂面，空气格外清新。

“啊，天堂！”女青年一声训练有素的标准普通话，立刻招来周围的目光。

男青年回头，迅速扫视了一圈，用凶狠的目光逼退周围那些好奇的人们。

看了一眼女青年，他右手抓住麻袋一角，一提，一送，上肩，左手抓起行李袋：“走吧。”两人转身向外走去。

出了站，男青年用抓着麻袋的右手熟练地向车夫打了个手势，一辆三轮车转眼到了跟前。男青年看了一眼车号和师傅的号衣，把行李、麻袋放到车上，起身掏出一盒香烟，弹出一根递给师傅，自己也点上一根。

“去市电台。”男青年问好了路程车费，又问了赶公交车坐几路车，到哪儿下，然后转身对女青年说，“上车。”

只见女青年脸一红，低下头，轻声说：“我不坐。”

男青年一愣，拉了一下女青年的衣袖，往边上走了几步：“我看了，不是黑车，不会把你卖了。”

“不是。”

“那为什么？”

“我……我不坐，那是资产阶级。”

“那行李怎么办，跟车走到电台，你行吗？”

“你，你坐。”

男青年终于明白，敢情是让自己当资产阶级。“行，你去那边坐车，建设路下车，等我们。”说完转身上了三轮车。

三轮车到女青年下车的地方，男青年对她一招手：“跟着我们走，帮着推车。”说完，往椅背一靠，舒服地闭上了眼睛。

作者注：你们猜那女青年是谁？她就是后来央视焦点访谈主持人敬一丹，文中的男青年就是我。当时学校安排我们在苏州电台实习。

女青年后注：本文细节有小说笔法，如“那是资产阶级”，纪实笔法是“反正我不坐”。

班头儿们　马进德

76播是一个班风比较正的集体，缘由一是大家都来自工农兵一线，本来就质朴，没有骄娇之气，二是我们班几个干部好。支部书记敬一丹，班长唐丽珍和班副董传亮，哈哈，还有生活委员杨曼和文艺委员关蕾等等，这些“班头儿”人好，我们班就特有凝聚力。

敬一丹，瘦高个儿，留短发，说话带点儿东北腔，待人接物柔中有刚，正义感强。同学有了成绩，她像自已有成就一样高兴，谁有缺点不足，她也疏导批评。但她的本事在于，批评你，还让你心服口服，属于特会做“思想工作”的那类人。

董传亮来自兰州，当时精瘦，皮肤黝黑，说话高兴了会真诚地干笑两声。人缘儿好，经常看书，挺爱思考问题的，像思谋着将来要做成什么大事的样子。

班长唐丽珍，来自天津郊县广播站。个儿不高，扎小辫儿，走路不紧不慢，做人不卑不亢。眼睛大大的，给人特别纯朴的感觉。同学老师都喜欢她，信任她。

班头们——班支书敬一丹(前左一)、班长唐丽珍(前右一)、副班长董传亮(后右一)

课堂之外

工农兵学员的课堂有多大？我们虽然来自工农兵，虽然很多人都有丰富的工作经历，但入学以后，还是要安排专门的时间去学农、学军、实习，参加社会活动，在北京，就更有机会参加一些有历史意义的活动。校园之外，也是我们的大课堂。

率先去毛主席纪念堂工地劳动　肖泽红

1977年5月的一个周末，班干部通知我，明天上午八点钟在校门口集合，到天安门广场毛主席纪念堂工地参加劳动。因为我是毛主席家乡湖南湘潭来的，所以学校优先安排我第一批去，我很有一种荣幸感。

来到天安门广场，只见车来人往，一片热火朝天的劳动景象。工地正中间，已经挖成了一个很深的大坑，四周堆放着小山包一样的木料、模板和脚手架等。我们的工作就是把这些杂乱堆放的木料，按长短粗细大小规格码放整齐，方便施工。

施工条件简陋，也没发给我们防护手套，同学们凭着对毛主席朴素的阶级感情，上来就干，搬的搬，扛的扛，有的木料太大就两个人抬，手和衣服都弄脏了也毫不在意，把杂乱堆放的一个又一个小山包搬掉了。

下午的任务就是将一些模板上没有脱落的水泥壳，铲掉或敲掉，分类码放。我们拿着工具在一块块模板上“当当当”有节奏地敲打着，此起彼伏，工地上就像奏响了一首交响曲。忽然我觉得手背有点儿刺痛，原来是手剐破了皮，渗出了血。过了一阵儿，一位女同学尖叫起来：哎哟，哎哟，我的手掌上起了几个血泡。这一声叫，大家纷纷查看自己手掌，有两个同学手上也打起了血泡。一阵尖叫和轰动之后，又开始了“叮叮当当”的响声。

回校后同学们羡慕地向我打听，去纪念堂劳动看到了什么？干了什么活儿？不久，同学们陆续都参加了纪念堂的义务劳动。有的在纪念堂附近，有的在相距很远的材料工地。毛主席纪念堂建成了，想必同学们经过纪念堂，都会想起那段经历。

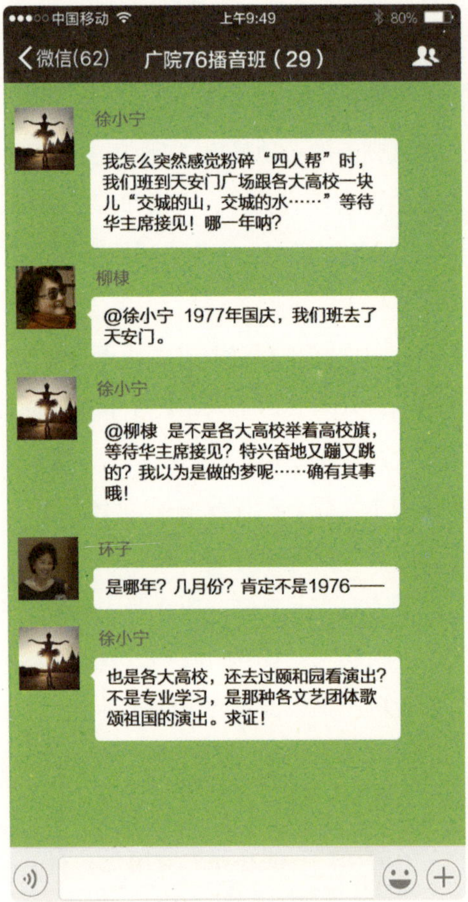
中国移动
上午9:49
80%
微信(62)
广院76播音班（29）
徐小宁
我怎么突然感觉粉碎“四人帮”时，我们班到天安门广场跟各大高校一块儿“交城的山，交城的水……”等待华主席接见！哪一年呐？
柳棣
@徐小宁 1977年国庆，我们班去了天安门。
徐小宁
@柳棣 是不是各大高校举着高校旗，等待华主席接见？特兴奋地又蹦又跳的？我以为是做的梦呢……确有其事哦！
环子
是哪年？几月份？肯定不是1976——
徐小宁
也是各大高校，还去过颐和园看演出？不是专业学习，是那种各文艺团体歌颂祖国的演出。求证！

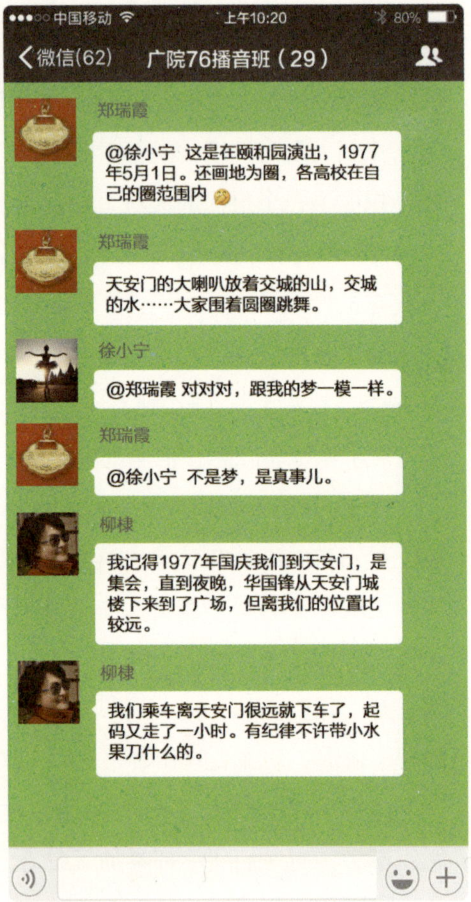
中国移动
上午10:20
80%
微信(62)
广院76播音班（29）
郑瑞霞
@徐小宁 这是在颐和园演出，1977年5月1日。还画地为圈，各高校在自己的圈范围内
郑瑞霞
天安门的大喇叭放着交城的山，交城的水……大家围着圆圈跳舞。
徐小宁
@郑瑞霞 对对对，跟我的梦一模一样。
郑瑞霞
@徐小宁 不是梦，是真事儿。
柳棣
我记得1977年国庆我们到天安门，是集会，直到夜晚，华国锋从天安门城楼下来到了广场，但离我们的位置比较远。
柳棣
我们乘车离天安门很远就下车了，起码又走了一小时。有纪律不许带小水果刀什么的。

军营夜练，丢盔卸甲　白学礼

“学军”是在河北邢台一个部队的基层连队，课目有队列训练、投掷手榴弹、射击，整理内务和夜晚紧急集合、行军。最使人难以忘怀的，要算是抢饭吃和夜间紧急集合。

每天的训练，体力消耗大，伙食以粗粮为主，油水少，饭没到，每个人的肚子就咕咕叫了。

如果能遇到包子和面条汤，同学们简直高兴得就像过节一样。包子一上来，用两根筷子穿上两串，准保够吃；吃面条汤，开始没有经验，会先满满地盛上一碗又香又烫的面条汤，等吃完还想再来一碗时，盆子早已经见底啦。后来大家就变聪明了，各自先盛上半碗吃，吃完后再从容地盛上一大碗，这样就可美美地吃上一碗半。

下午，常安排“整理内务”，把被子叠成棱角分明、方方正正的豆腐块形状，是每天的必修课目。牙刷、口杯、毛巾等衣物用品，按要求摆放整齐，成为一条线。

而晚上的紧急集合，则最让人紧张，难以安稳入睡。听到紧急集合号声的十分钟内，要迅速穿好衣服打好背包，到操场集合，然后顶着夜色跑步急行军。虽然都不背枪，但光是背着背包跑步急行军就够呛！跑出几里地后，只见大多数同学的背包，都稀里哗啦散成一团，抱着的，夹着的，背着的，扛着的，个个气喘吁吁、丢盔卸甲，狼狈不堪……

军营“食不言，寝不语” 肖泽红

学军去！坐在去邢台的火车上，同学们说着笑着。

头一周是队列训练，大家都是穿自己平时的衣服和鞋子。早餐过后，随着一声集合哨响，迅速跑出营房，列队来到操场，太阳当头晒得火辣辣。

带班的解放军班长十分严肃认真，一边讲解动作要领一边做示范，带着我们一遍又一遍重复着队列训练。

头两天训练还有点新鲜感，到后面几天，就枯燥乏味了。特别是休息时，连个荫凉的地方也没有，只能蹲在操场上休息。我心想，这当兵的滋味也不是想象那样神圣，比农村劳动好不到哪儿去。

训练后来到食堂吃饭，大家还像在学校一样说说笑笑，解放军班长立即予以制止，并说明纪律，这就是“食不言，寝不语”。

投弹和射击训练让人兴奋。我们列队踏着整齐的步伐来到射击训练场，每人发一把步枪，几十米外树立着一排胸靶，解放军教练带领我们卧倒在土堆前，手把手地教我们如何托枪，然后闭上左眼，右眼紧盯准星末端，对准前方胸靶正中下边沿线，形成眼睛、准星、胸靶三点成一线。平生第一次握着真正的枪，兴奋之余，手难免有些抖动，心也扑通扑通直跳个不停。

经过如此一周的反复练习后，部队首长要检验我们的训练效果了。那天，

学军照

同学个个摩拳擦掌，跃跃欲试。印象中，每人发了五发子弹，打一个单发，两个点射。

轮到我打靶的时候，心里确实有点紧张。我努力定了定神，默念着教练教我的瞄准射击要领，三下扳机扣下，五声枪响过后，报靶员传来41环好成绩。抬头望着教练的微笑，我也长长地松了一口气。

军训虽然是短短几周，却与解放军战士们结下了难舍的情缘，军营里单调枯燥艰苦的生活，使我真切地感受到，当解放军不易，当一个好战士更不易。

黑山寨的英雄好汉　秦鲁滨

上学期间，学校要求我们必须了解工农商学兵劳动生产及生活状况，以便为今后播音实践打好基础。于是，我们走出校园去学农。

1977 年夏秋之交，一辆大面包车载着全班二十多个同学，经过大约三个小时的车程，到达了北京市昌平黑山寨。

那是北京昌平一个叫黑山寨的小村庄，20 世纪 70 年代末期，全国都还不富裕，山区就更穷了。黑山寨，光听这名字就够瘆人的，四面环山，遍野的栗树和柿子树，我们的任务就是上山给栗子树挖鱼鳞坑，下雨就可以存住雨水，有利于树木生长。

果不其然，我们每天劳动的强度非常大，天天上山挖坑不止，一天下来累得半死，浑身像散了架似的。关键是饭菜没油水，还吃不饱肚子。我这人

没肉吃浑身就没劲，可在黑山寨你上哪找肉吃？有的北京同学受不了，偷偷叫家里寄点好吃的来，不承想被陆老太太发现，那一通的再教育啊。得，从此肉就更没有着落了！

有一天我坐在河边发呆，忽然发现溪流中有东西在游动，仔细一瞧，看见一群小虾在水里窜动。

我大喜过望，如同发现了新大陆，赶紧拿上草帽，脱了裤子，跳下河里去捞河虾，不一会就捞了满满一茶缸的虾。老师和同学都赶来看热闹，不知道我要做些啥。等到我将河虾用酱油腌制后，自顾自地美美地"嘬"起来，他们这才反应过来。几个胆大的男同学过来尝了尝，二话没说也跳进了河里……

那会儿，尽管劳动辛苦，可乐在其中。同学们一边干活一边嬉闹，叽叽喳喳的就似一群欢快的百灵鸟！

不知是谁开了个头，一帮人用家乡话逗唱起来，你方唱罢我登场，我唱了一首陕北民歌《夫妻识字》："黑咕隆咚天上出呀出星星，黑板上写字放呀放光明……"由于陕北话后鼻音重，再加上有意突出了重音，听起来特色鲜明很给力，一下就吸引了同学们。

于是，满山坡都是"黑咕隆咚天上出呀出星星"的陕北口音！你听我唱，我看你笑，邱志军最积极，还跑过来叫我听他的"陕北口音"是否标准，要怎么"纠正"。

还记得一个艳阳高照的日子，村支书带着我们和社员，上山修整栗树林。

有一棵栗树的上方矗立着一块巨大的石头，足有半间屋子那么大。书记担心巨石滚落砸坏树木，便率领我们试图用长木杆把它撬下山去。

他站在石头倾斜的反方向，指挥大家利用杠杆原理撬石头。可是万万没想到，石头竟滚向了他这个反方向，一下把书记挤压在岩壁上。

现场惊恐一片，大家慌乱无章，不知如何是好。

我一看情况不妙，也顾不了那么多，冲上前大喝一声："大家都不要慌，听我来指挥！"

说完，我跳下斜坡，俯下身仔细观察书记被挤压的情况，很快判断出再次撬动石头的方向，并分配好撬动的支点，指挥大家一点点把巨石撬离开岩壁有一尺多远，其他人迅速把书记抱了出来。当时书记已经昏迷，被紧急送往医院进行抢救。后来才知道，他的骨盆全都被压碎了。

返回学校不久，生产队写来感谢信，表扬我果敢救人的英勇行为。毕竟，我是当过兵的，在黑山寨，在任何地方，也得当英雄好汉。

学农学军 吃相大全

王福生：学农时我们来到京郊黑山寨，那里的条件很艰苦，我们甚至都觉得有点熬不过去了，干的农活挺重，搬石头，走山路，身体受不了，像被掏空了似的，非常累，吃得也不怎么好。有一次，我和王延华，好像还有张利民吧，嘴馋了，就到山上农民的果园子里去“拿”人家种的杏儿，黄黄的杏儿好诱人。一不小心就吃多了，吃多了，就闹肚子，又不敢说怎么回事儿，一直藏在心里。淳朴的村民大爷、大娘们对我们嘘寒问暖，这让我产生了深深的歉意。村民们有一点自留山地种点儿水果、蔬菜，要拿到集市去卖换点钱来养家糊口，可我们……愧疚啊！

记得我们去河北邢台解放军野战部队学军训练，练得很苦，吃的也没什么油水。有一次食堂改善生活，全员自己动手包饺子，吃饭的时候，每个人都将自己的饭碗盛得满满的，我突然发现大王却只盛了半碗，问他：“不舒服啊，怎么吃得那么少？”他却诡异地笑笑：“傻瓜，你们一碗吃起来要花多长时间啊，你们还没等吃完，我这半碗饺子早吃完又可以去盛另一整碗了，怎么样，聪明吧！”

每天训练，汗流浃背，从来没有水果吃，有一天看到离营区不太远的地方有好大好大的一片梨树园，梨子已经成熟，我们几人就商量，趁夜深人静时去摘几个来吃。晚上熄灯的号声响过后，我和大王几人悄悄地溜出去，钻进果园“拿”了好些梨子，人不知鬼不觉地潜回军营。梨“拿”得太多，宿舍又放不了，就到处藏，然后趴在被窝里吃，就听见咔哧咔哧的嚼梨声，此起彼伏，真是饱吃一顿，大解口馋啊。后来果农发现果园梨少了，就找到军营问，谁去“拿”过他们的梨子？解放军当然不会干这事，而我们学生，又怎么会承认呢？

王征：一日轮到我和兔（郑瑞霞）帮厨。兔说想吃面条，我说，只要你会做，就行。

我去打水，兔和面。班里人多呀，和好的面有一大盆，兔揉不动，我只好来揉面。

揉好面，拿来一根巨大的擀面杖，兔擀不动，我只好擀面。

擀好了，兔负责切面条，同学们吃得津津有味，都以为是兔做的，其实，那点力气活全是我干的。

山上没啥菜吃，不记得是谁帮厨，圆白菜也不切开洗，清水煮圆白菜，竟然漂着几条青虫——“虫子也是肉”，大家嘻嘻哈哈照吃不误。

陆老师来视察时带了几瓶“北京丝”，那时可是美味佳肴呀，立刻被一抢而光。

马进德：到了黑山寨，我们与贫下中农同吃同住同劳动，非常辛苦却也乐在其中。村里人热情、纯朴、善良，对我们这些城里来的大学生，呵护有加，哪怕自己捉襟见肘，也要设法改善我们的伙食。有一天吃午饭前生产队长宣布，今天给大家吃白面馒头，而且不限量。哇，这在当时高粱面、玉米面占一半主粮的年代显然是过节般的喜讯。同学们兴高采烈地涌向食堂。雪白的馒头，咸菜，大米稀饭。多么好的饭菜呀！你就看那邱厮吧，他打了自己的饭，乐乐呵呵地与几位同学一起坐在食堂边的一个小草堆上享受他的“盛宴”……

饭后算账，全班20几位同学，邱厮获得饭量“冠军”，他一口气吃了7个馒头，每个都足有二两重啊！

当时我也有些得意，个儿小且瘦小的我，也居然吃下了5个馒头。在全班排名第二。

后来多少年，馒头吃了不少，但始终没有黑山寨那次吃的香甜。

在校园大喇叭听自己 白学礼

广院校园里，大喇叭传来的声音很专业，因为学校广播站每天的广播，是播音专业学生轮流承担的。

每个人在校园广播站担任广播值班时，都争先恐后，认真备稿，努力播出自己的水平。每当嘹亮的声音传遍校园的时候，同学们都会驻足，认真听自己或同学的广播录音，内容清楚吗？断句合适吗？发音标准吗？这都成为专业小课上和同学交谈的话题。在同学眼里，那是最好的实践课堂。

实习三味

实习还要带粮票？　谢克荃

转眼到了大学最后一个学期，我们班二十几个同学被分配到全国十几个地方广播电台实习，我实习的单位是浙江舟山人民广播电台。

那时出远门，要带全国粮票，我家在安徽，学校在北京，实习地在浙江，粮票都不通用，头一件大事是准备好粮草，父亲特意给我兑换了几十斤全国粮票，我起程了。

第一次走这么难的路，从老家到舟山不能直达，汽车、火车、轮船全坐了一遍，中间还需要转乘一次火车。我乘坐的列车抵达宁波时，已经是第二天下午。下车后我四处张望，打听好去码头的线路，登上轮船。一路行来，轮船随着波涛起伏不停，我的心也不敢放松，到了舟山找到电台时，天已经黑了。舟山广播电台对我们非常热情周到。

实习还要当师傅？　白学礼

上学时我年近30。30岁的实习生，到了青岛。

在青岛台实习，我参与每天的播音工作和值班。意外的是，台领导交给我两名刚进入电台不久的新人，让我带着他们练习播音和上班。这对我一个刚来实习的学生来讲，先是惶恐，又感到莫大的信任！我把自己在学校所学到的播音方法和技巧，教给他们，和他们一起练习，不断地检验着我所学习的专业知识和能力。也就是从那时起，我体会到了导师告诉我的“教学相长”的道理。这为我后来对播音新人的传、帮、带，及以后进入大学执教播音学，打下了基础。

这是谁播的？ 徐小宁

我和小马在江苏省常州台实习的时候，为了能让播出的内容“有血有肉”，有生动感，编辑老师就带我们到工厂去参观。

我们走进车间，亲身经历了生产工艺的制作全过程。我们看到那精美的拉丝玻璃水瓶、花瓶和拉丝玻璃杯，是怎样通过工人的双手拉制出来。那些晶莹剔透的玻璃制品，璀璨夺目，每一个都像一件艺术品……

回来播出相关通讯时，我们很有播讲愿望，我们看到的不仅仅是纸上的文字，而是生动的情景再现，当播讲到拉丝玻璃制作工艺各个流程时，我们如数家珍，绘声绘色。

节目播出后，听众纷纷给常州台打电话来，询问是谁播的？很多人还以为是中央台播出的，说很有感染力！

有同学问，这篇报道的播出为何能收到这样的热烈反响？我回答说，因为有亲身体验，所以播出时声音和着感情自然流淌。

后传

离开校园四十年

走出校门这些年

入校是集结，毕业是出发。走出校门时，我们又赶上一个历史的关键节点：十一届三中全会召开。后来，当我们一次次在话筒前说到“十一届三中全会”这个词组的时候，也一次次感受到改变的力量。这样的大背景下，不同的同学面对多少种可能？有怎样的个性选择？有多少次新鲜尝试？有什么独特发现？有怎样的创造？转变的年代，变化急剧而深刻。一路走来，我们——当年的末代工农兵学员，成为了什么？

76播毕业照

我教全国人民学拼音

关蕾

毕业后，我在国家语言工作委员会从事推广普通话工作，参与了全国普通话研习班的教学。我们跟语言所专家周殿福老先生学习“国际音标”，因此知道这是能给世界各国语言拼音的工具。

有一天，我接到母校播音系发来的邀请，请我去广院给播音系老师们讲国际音标，吓得我！我可不敢去，给我的老师讲课？不行不行。最后实在拗不过，只好去了。

毕业几年后重新走进校园，在播音小楼里，昔日的老师们认真地听我讲解、跟我练发音。用现在的话说，艾玛，老感动人了！记得老师们看我紧张，还鼓励我，现在你是老师，我们都是你的学生，大胆教吧！

20 世纪 80 年代初，领导通知我去中央电视台录制《学拼音》节目。想想，那时胆儿也大，还真敢应这活儿！后来，一直延续到 20 世纪 90 年代，电视机里都会看到我教拼音的身影。有朋友说去广东，看见我说粤语了。啊？原来，广东台为了推广普通话，把我的节目配上了粤语讲课，只有字母发音还保留着。哈，真想看看自己说粤语啥样儿！

我调入中央电视台的时候，一个频道才 100 多员工，在国家大台翻天覆地的变化中，我有幸参与初创第四套节目，在《天涯共此时》栏目从起名字、制作样带开始干了 20 多年，见证了央视第一个对台节目的风雨历程，说起两岸沟通话题，我这个资深老编辑还有好多故事呢！

在高级编辑的岗位上，我退休了，如今生活丰富多彩，除了享受天伦之乐，我依然像在学校当文体委员那样，在广电老年大学唱歌跳舞，高兴着呢！

50岁时和年轻人一起读博

金重建

我1978年走出大学时，校牌上写的是北京广播学院，我再次走进的时候，校牌上写的是：中国传媒大学。

2004年，我刚考上中国传媒大学博士研究生，住原三号楼男生宿舍，和两个20刚出头的硕士研究生住一个房间，北京的夏天依然那么热，我和年轻人一样光膀子睡觉。友人来看我，他很惊讶。

考博之前，我已经在浙江电台工作三十多年。1991年，我负责筹建并成立了省广电学会播音主持专业委员会。就在每年组织的播音主持作品评比和播音职称评审中，我感到播音主持专业实践对社会的影响力，太需要专业人员的创作自觉了。而这种自觉又需要理论支撑。拿了浙江第一个播音正高，还有学会、协会理事头衔，我既珍惜，又经常扪心自问：我是否名副其实？我能正确回答各类专业问题吗？播音主持学科和别的学科相比较，它的独特性在哪里？因此，当张颂老师提议让我报考播音博士研究生时，我犹豫过后还是下了决心，年龄、官职对自己所从事、所热爱的事业来说都成了其次。

我2007年博士研究生毕业后，到浙江传媒学院播音主持艺术学院，任国家级特色专业播音与主持艺术专业项目负责人，主要从事有声语言和副语言传播的教学和研究工作。这些年忙于教学、科研，我出版了专著：《播音创作主体论》《播音思辨集》和《播音主持艺术导论》。

中国播音学博士、教授、播音指导，在拥有这些"头衔"之前，我是工农兵学员。

在校园，和学生们在一起，我的心永远年轻。

要学的东西太多了

周环

阴差阳错，却从一而终，我当了报人——毕业后我到卫生部《健康报》报社工作直至退休。既没学过医，也无正儿八经的新闻训练，20世纪80年代我自学人民大学和新华社的新闻课程。

“笨鸟多听勤记。”有次开会，外报一记者说我：不是有新闻通稿嘛，还要记？我笑了一下，又埋头速记。

总编室同事曾说：昨天总编辑在付印前看最后清样时，把你在三版的稿件提到一版头条位置还配评论，弄得一串人员加班。

我到过村卫生室和乡镇卫生院，也进过中南海紫光阁随访世界卫生组织总干事，在人民大会堂采访人大副委员长，还坐过国家领导人的专列随行报道。我采写过20多位院士，三任卫生部长，四任中国医科院院长，十几位医科大学校长，及各层医务人员——能采访到中国医界出类拔萃的顶尖精英，乃我人生幸事。采访对象给我“你很专业”的评价，是我不竭的动力。

我的百余篇稿件被中央媒体转载转播；缺少住房等引起人才严重外流的报道，卫生部送到中央，由此推出一系列留住人才政策；跟踪抢救台湾章孝慈的十余篇文章，被新华社文摘全部刊登；《邓小平戒烟记 》被海外转载。我获得过十几项国家和卫生系统新闻奖，因主动请缨到灾区现场，获卫生部救灾防病先进个人称号。

看到医务人员对科普的迫切需求，我创编《医学的社会传播与科普写作》在全国讲授，开辟出人生新的领域。

过去是“三娘教子”，网络时代是“子教三娘”。在女儿鼓励下，年轻时想学而没机会学的，我都学起来——学英语、学钢琴、学经络……要学的东西太多了。

曾经崩溃，享受幸福

王福生

告别母校，走向了钟爱一生的岗位——播音。我在辽宁人民广播电台做播音员四年多，1981年调回故乡黑龙江人民广播电台。在报告文学繁荣的20世纪80年代，我播出多篇报告文学，大工作量的播出，锻炼了我声音的持久性、耐用性，丰富了语言技巧，我在话筒前半天都不会产生疲劳感。最终在台里被评为主任播音员、播音指导。

2002年我以高级人才引进的身份走进浙江广播电视高等专科学校的讲堂。来到全新的环境，我感到陌生无措，看到教案、大纲、进度表，不知从哪下手，心理几乎崩溃。我只好偷偷学艺，看别人是怎么编写教案，教学是什么流程，怎么上专业课，每天憋得我夜不能寐。经过学习摸索，终于从苦闷被动中走了出来，代价是双鬓染上了白霜。

虽然我连续三年被学生评为“学生心目中的好老师”，但深感自己知识储备、能力都显不足，又去浙江大学完成了新闻研究生课程，2007年又回到母校中国传媒大学做高级访问学者，出版著作《诗歌朗诵艺术》。

任浙江传媒学院播音学院副院长期间，我积极研究新的课程领域，走出了浙传自己的发展新路，被评为三级教授、研究生导师，成为浙江省播音主持艺术优势专业负责人。

不论在话筒前被叫播音名“江昊”，还是在讲台前被叫王老师，我都一直和话筒相伴，这让我很有幸福感。当我朗诵的诗文在微信朋友圈传播的时候，我体会着分享带来的愉快。

N多首次

陈小渝

走出校门回到贵州电视台，走进演播室的我再也没有了当初的畏畏缩缩不知所措，有了专业的深造，有了更宽的视野，展现在观众面前的是一个全新的落落大方的新闻播音员。

作为贵州电视台首任播音员，我经历了很多首次。首次，第一，初创，这种感觉新鲜而兴奋，让年轻的我充满热情。

1992 年广电总局举办全国播音作品论文评奖，我播的《贵州新闻》获得一等奖。那个时期我播的新闻及专题，频频在全国和全省获奖，我也连续几年获得贵州省广电系统先进个人及优秀共产党员称号。

央视春晚 1992 年首次邀请全国各省电视台参与，我是贵州电视台的代表。

我首次尝试贵州电视台卫星直播的元宵节晚会是在 1993 年。

1994 年我参加了贵州省首批新闻系统新闻专业专升本的学习，工作——学习——工作，我获得新的动力。

1996 年贵州电视台推出反映女性生活的专栏《东方女性》，我以主持人及制片人的双重身份出现在荧屏上。这种新角色的许多实践，都是首次。在这样的创作中，我获得新体验、新活力。

从 1978 年北广毕业到 2008 年退休，这三十年，正是电视发展的黄金时代，在最好的年华里，我经历了从新闻播音员到主持人再到制片人、播音主持管理人员的过程。我见证了贵州电视的历史，也和贵州的几代观众有了深厚的情感。

我的身边总有喜欢播音主持的年轻人，我的专业在学生和孩子们身上延续着，事业无止境，学习在继续，我正在传承中感受快乐。

用声音演绎彭德怀将军

肖泽红

在湖南湘潭市人民广播电台做播音员的时候，我这个湘潭人用声音在话筒前塑造了另一个湘潭人——开国元帅彭德怀。报告文学《彭大将军》是当时引人关注的力作，我第一次接这么重的播录任务，忐忑不安。沉甸甸的稿子，我反复读了十来遍，逐段逐句琢磨文中的内涵和主题，恰当运用语言表达方法，录，听，再录，再听，我用声音传达出对彭德怀大将军的敬意，他曲折传奇的一生让人感慨万千，节目播出后获得听众广泛共鸣。

经历了四年播音工作，告别了“肖江”这个播音名，我改行到了市人民政府办公室做秘书。由于有之前的写作功底，跟随市领导下基层搞调查写报告，得心应手，还兼任了市政府办机关团总支书记，后来又到湘江区任团委书记，被选为区人大代表，区人大常委，并定为区委后备干部。

当翻开《湘江区志》的时候，我体会到成就感，因为我曾任区地方志编委会副总纂兼办公室主任，编写地方志，为家乡留下了有用的记录。

我越来越多地用笔表达，有闲情逸致的时候，我还写写诗歌散文，发表在文学期刊上。

后来，我在政府机构工作，变动频繁，与76播的同学们音讯渐无。然而，工农兵学员的经历、老师同学的情意，一直在内心深处。2016年秋，我惊喜地接到同学陈小渝从贵州打来的电话：“哎呀，终于找到你了！”接着，全班同学在贵阳聚会，阔别多年之后，我终于又回到了76播。

天山下的小马

马进德

同学叫我小马，新疆电台的听众和同事叫我白山。母亲的姓，家乡的天山，白山这个播音名和我的职业融在一起。

读大学给了我专业眼光，我对自己有了更多的判断把握。我的声音条件并不算好，然而“特色独具，生存有理”，我注重以情统声，提高心理素质，播音中把控大局，从容镇定。

20世纪90年代中期，我担任电台办公室主任，已经不在播音第一线了。那天，台里找我：自治区成立40周年大会由你担任现场主播。在现场，党中央国务院、全国人大、全国政协、中央军委的贺电、自治区领导讲话的汉文稿件等，共约5000多字，我无一差错播出，受到表扬。

不断尝试创新和突破，我在新疆台较早提出并尝试“说新闻”。集采编播于一身，主持《法律咨询》节目，成为新疆台第一位真正意义上的节目主持人，获全国“天下第一屏杯”一等奖。

边实践边思考，我发表论文20余篇，2012年被评为“全国广电系统十佳百优理论人才”，2014年评聘播音正高三级。

教学中我经常现场示范。我朗诵史铁生的《秋天的思念》时，同学先是哭泣，进而起立，掌声响起……

我熟悉新疆民族语言和习俗，在大型会议担任汉语—维语的同声传译时，我深感沟通的重要。

在我连续10年担任《新疆广播电视报》社长、总编期间，播音教学、科研、实践未曾中断。同时担任新疆播音主持学会会长，自治区播音职称高评委委员、副主任，并任新疆广播电视学会秘书长。

现在我愈发体会到教学的乐趣，教学相长，倒逼我去学习、再学习。

时刻关注广播里的声音

刘凤英

34岁走出校门回到青海，我继续在省电台从事播音工作，有了大学两年的学习深造，好像是加了油，有后劲了，我的业务水平明显提高，成了单位的骨干力量。青海地广人稀，交通不便，通讯落后，广播就尤为重要，偏远牧区的人们要获得信息，多半靠小收音机。在台里，早班、晚班，新闻、专题，我一直工作在播音一线，记不清有多少清晨多少夜晚，我在话筒前说：这次节目是刘悦播送的。

1989年我调回北京。

当年离开北京去青海时，我还是个小姑娘，从青海回到北京，已经人到中年。回到北京后，我在北京门头沟区广播电视局从事播音工作，后来任门头沟广播电台台长。

多年的话筒前经验，多年对广播的感情，使我愿意搭起平台，让年轻人成长、创造。在培训班讲业务课的时候，带着年轻同行走到话筒前的时候，我都特别高兴。

2000年我退休了。回到家中，平静踏实的日子，挺好的。

当年我上大学时带到北京的一双儿女已经长大成人，他们学了自己喜欢的专业，也当了爸爸妈妈，我帮着他们带大了孙女、外孙女。现在，我依然保持着听广播的习惯，干家务活时，耳边也听着各种各样的播音，忙乎着柴米油盐酱醋茶，也听着风声雨声大事小情。时代在变化，广播的内容和形式也在变化，我这样一个老广播，时时关注着今天广播里的声音呢。

有田，有雨，有期待

谢克荃

带着青春的期待，在1978年，我走出校门回安徽，兴致勃勃地去蚌埠人民广播电台报到。在蚌埠台，我的专业得到了充分发挥，很快成为电台主播，先后任播音组长、主任播音员，20世纪90年代初，我担任了主管业务的副台长。

在省城机关工作的妹妹经常接触到蚌埠人，偶尔会提及自己有个姐姐在蚌埠广播电台工作，是个播音员，对方一听妹妹说出我的播音名“田雨”，就会立即说：“啊，是田雨，知道知道，那可是我们蚌埠人最喜爱的播音员哦……”妹妹又会立即打电话跟我吹嘘半天，仿佛是她自己被夸赞了一般兴奋。

廉洁、真诚、勤恳是我对自己一贯的要求，我在蚌埠台播音岗位一干就是三十多年。播出了多少蚌埠的消息，讲述了多少蚌埠人的故事，我说不清，然而，我能说清的是，我尽心尽力让我们的广播之声给蚌埠带来温暖，带来对新生活的期待。蚌埠成了我的第二故乡。

在工作期间，我曾多次被评为市先进工作者、市优秀共产党员、市人大代表、市“巾帼十佳”、市“三八红旗手”。我的播音作品在全国和全省屡次获奖。

现在，我经常被省市文化活动项目邀请去做嘉宾、评委。退休后还能够得到同行业界的肯定，能够继续发挥自己的专业作用，我感到坦然、踏实。我的播音名田雨，是很有生命力的字眼，有田，有雨，有期待，明天还会有更多欣喜。

没读够，舍不得，不甘心

敬一丹

在金话筒颁奖仪式上，我被问到：你获得主持人最高奖，最想与谁分享？我说：最想让我的导师齐越教授在九泉之下能感知我此刻的心情，愿前辈能看到，学生在努力，有作为。

回想1978年底告别短短两年校园时光，没读够，舍不得，不甘心。

“你可以考研究生。”从毛舒宁同学那里，第一次听到“研究生”这个词，心里有了目标。

回到哈尔滨，一边在黑龙江人民广播电台播音，一边想考研。

那时消息闭塞，我只有上考场看试卷才能判断出自己离目标的距离。没学过外语，我无知无畏地走进了研究生考场，看英语试卷，天啊！文盲一样。痛下决心：学英语！

我很笨，英语很难。三进考场，1983年才过了门槛。

我硕士学位论文是《节目主持人的语言特点》，齐越老师说：从第一线的实践调研开始。他写了几个条子分别给沈力、虹云、徐曼老师，我拿着“路条”，找到广播电视主持人的开拓者，走上了节目主持人研究之路。

重回校园，我在弥补读大学的种种遗憾，若没有读研这三年，就没有后来的三十年。

毕业留校任教。我没自信，心里发虚：我拿什么教给你啊，我的学生！

1988年，我遇到又一个转折点。调入中央电视台，我从一个研究者成为一个实践者，从广播播音员成为电视主持人。央视27个春秋，我赶上了电视的黄金年代，在《经济半小时》《一丹话题》《焦点访谈》《东方时空》《感动中国》，我享受到了职业带来的满足感。

退休了，依然忙，一种种可能，一种种开始。远方，会有什么在等着我呢？

特殊的印记

焦津胜

毕业了，回西藏，因为嗓子经常发炎，我改行了。先是在拉萨市委宣传部做文宣工作，内调回京后又当过几年企业宣传干部，转行后苦辣酸甜都体会过，最终转行纸媒，做了30年报纸编辑。虽未从事所学播音专业，多数时间仍没离开新闻行业，在本职岗位上也算兢兢业业，内心坦然。

工农兵大学生是特殊时代的产物，也是我们一生的印记。我们先天不足：未经高考，程度不一，两年速成，课程打折，根基不牢。为弥补知识的缺欠，毕业后不少同学又继续深造，专升本、读研、读博，既是工作需要，也是提高自己。

作为末代工农兵大学生，虽有许多遗憾，但我们76播的后代，无论是毕业于清华、人大，还是留学国外名校，他们大都享受了正规大学的优质教育，弥补了我们这一代的遗憾。子女是我们这一代基因和精神的遗传载体，他们的优秀自然带给我们莫大的欣慰。

去年，儿子有幸被哈佛大学录取，并且他的研究专业是教育学。我就在想，我们76播完全可以作为一个案例来研究。我们没有接受应试教育，学习条件较差，但后来却大都成为业务骨干；我们同学中涌现出那么多踏实进取、出类拔萃的专业精英乃至行业翘楚。如“金话筒”敬一丹、“国宝级播音员”陆洋、广电媒体融合领军人董传亮、播音学博士金重建、首届全国最佳播音员柳棣、凤凰卫视高管邱志军、普通话测试专家侯玉茹……数不胜数。这一现象如果从教育学的视角来做一番研究，相信是会有价值的。

心路，新路

郑瑞霞

广院毕业，三个选项在我面前：留校、河南台、开封市广播站。

北京至郑州的火车票买了退，退了又买。

开封广播站是送我上大学的娘家，站长的话总在我耳边响起：咱广播站培养了你7年，没别的要求，只希望你毕业了能回来！最终我下决心回到了家乡，开封听众又听到我的声音和我的播音名：刘芳。

一年后我到了河南电视台继续播音和主持，5年期间承担了台里的各种重大重要节目的采访和播音。

命运带来新选择。1983年我又打起行囊回到了北京，进了中央电视台。机缘不巧，进了文艺部，播音专业无用武之地，15年的播音生涯，就这样戛然而止？我无奈，痛苦，不舍。

1986年职称评定时我选择了编辑导演。编导是杂家，要一手抓演员节目，一手抓各工种协调，摄像、灯光、美工、化妆等等。我边干边学，求教，培训，观摩，学习各工种在电视节目中的运用和调度。曾有一种偏见，认为搞播音的就只能播音，别的什么也干不了。我顶住这种压力，在央视的30年间从编导到制片人，我亲自创办了《艺苑之花》《电视书屋》《电视诗歌散文》《荧屏诗坛》《爱心世界》等栏目，制作了上千期节目。

我创作的节目多次获得全国电视文艺《星光奖》的优秀编辑单项奖和专题、综艺节目奖，获得中央电视台年度优秀节目一等奖，中央电视台先进工作者的称号，更是取得了高级编辑职称。

44年，我的年华与广电相连。60岁，又一个起点，我欣慰，儿子能理解末代工农兵大学生的心路，我期待，再次扬帆开启人生新的航程。

起飞与降落

王亚平

顶着最后一批工农兵学员的名头，本着毕业生分配“哪来哪去”的原则，一毕业，我直奔廊坊有线广播电台。

我惊讶地发现，这个靠小喇叭入户的市级台，拥有“文革”前、中、后期五届北广播音专业 6 个毕业生，这在当年有的省级台也达不到啊，我的新闻职业生涯就此开始起飞！

从播音起步到编采播合一节目的探索，我亲历了上世纪八九十年代的广播的黄金时代。

1991 年，我奔赴汕头经济特区，以第一位北广播音科班生身份，以“王雅”为播音名，加盟潮语主流汕头电台，任汕头电台文艺部副主任，从普语少数派拓展到潮普平分秋色的传播样态。

1993 年汕头电台直播节目全面铺开，第一次进入直播间打开话筒，就像突然打开了一扇窗，获得前所未有的兴奋体验。从 20 世纪 90 年代中期开始，我做夜间节目主持十余年，从策划到直播，享受到最佳的工作状态与成就感，成为听众信任爱戴的朋友。1996 年作为创建汕头音乐台的一员，我担任音乐台副台长，与同仁共同缔造了汕头电台覆盖粤东成为龙头老大的辉煌历史。其间我被聘为汕头广播电视台最早期的主任编辑，并荣获汕头市第一届优秀新闻工作者及连续多年的先进工作者称号。

新闻职业生涯 30 年后，我选择了平稳降落，办理退休手续时不禁感慨，我这个当初不自信的学生竟然在播音主持第一线工作直至接过退休证。

结束，意味着新的开始。2008 年退休后到深圳国视影业传媒任公司董事长，创作拍摄电影、电视剧、网络剧、以及高端宣传片、广告片。喜新厌旧的我正在视觉领域体会另一种成就感。

不想当将军的士兵不是好司机

李小梅

久不见面，最常被别人问起的就是：“你都在做什么？”东北话：“你在嘎哈？”问题简单，实难回答。

别人也许就是那么泛泛一问，而你却不能泛泛一答。如果你是一个正在上班的人，或许你会说“忙上班”；如果是演员，你可以说“忙演戏”。可当你偏偏正好仅仅是个家庭主妇的时候，这个问题就无从回答了，总不能说：做饭、吃饭……问的人肯定不希望听到“不想当将军的士兵不是好司机”这样的不着调答案。但我每每想脱口而出的回答却正是如此。

一个人每天在做的事未必是每天想做的事。每天循环往复去做的事未必是你倾情投入、挤时间去做的事。对泛泛提问的人你无须认真回答。对推心置腹的人你的确不能只言片语便给出答案。

那么，我每天在做什么？

我在追寻内心所求，做到外在的干净，内在的满足，看我的景致，去我的山野丛林，拍我的照片，画我的画，自我对话，旁观别人，评判自己……其实我很忙。

“不想当将军的士兵不是好司机”，这就是对一种姿态的最好诠释。六十好几的人了，我在忙着当一个“好司机”。

老马也奔腾

邱志军

毕业后我留校任教了。从邱同学变成邱老师，学习还在继续，修完本科的全部课程后，在努力提高播音业务水平的同时，我系统地涉猎了艺术理论、台词表演、京剧、曲艺等多种艺术门类，在教学中起到了潜移默化的作用。

任教以来，多次获奖，其中我比较在意的是我获得的“北京市优秀新闻工作者”和“中央三大台奖教学金”奖项。

后来，我担任了播音系副主任。当时，一线有培训需求，系里有教学资源，我提出建议：举办面向全国招生的播音员培训班。反复研究和辩论，最终学院同意，播音系从1986年开始在不影响校内正常教学的前提下举办播音员培训班面向社会招生。那时是计划经济，所有经费都靠上级划拨，学院从没有自行创收的先例，播音系开了先河。培训班的成功举办改变了教学经费极度匮乏的局面，改善了播音系的教学环境，大幅度提高了教师的收入，保障了系里各项工作的顺利开展。直到我调离广播学院，培训班一直都在举办。现在，在很多电台电视台，都能遇到那时接受培训的学员。

1990年起，我先后担任了广播学院音像出版社、文字出版社领导。我还分别在外企、凤凰卫视、小马奔腾公司担任领导职务多年。毕业时，真想不到我会有这样的职业空间。

作为播音专业的毕业生，没有终身从事播音和播音教学工作，有违入学初衷，愧对师长教诲，这一直是我心中挥之不去的痛。

小马奔腾公司将是我职业生涯的最后一站。一旦退休，时间自由了，天地更大了，视野也更宽了，小马能奔腾，老马也要奔腾啊！

从话筒到讲台

韩菊

“这次节目是韩菊播送的。”

这句话，我在新疆人民广播电台、甘肃人民广播电台话筒前，不知说过多少次。走出校门后我在话筒前工作了十年，逐渐成为胜任多种节目的成熟的播音员主持人。

1988 年，我从话筒前来到讲台前，成为浙江广播电视高等专科学校播音专业的教师。

又是一个新的开始。能播好，还得能教好，这个跨度太大了！我纠结，我失眠，自己有多少学问啊？又怎能教学生啊？

开学了，第一届学生是在职培训班，天哪！有的同学年龄比我大，有的工作时间比我长，这，我能教吗？校长说：“教得了要教，教不了也得教。”

第一节就是主持人内容的大课，熬了多少个日子教案写好了，提前练习过了，没想到在登上讲台的前十分钟，我突然像泄了气的皮球怎么也不敢上讲台了。同事说：“学生都坐好了，你赶快去吧！”我硬着头皮哆哆嗦嗦地走上了讲台，刚开始自己不知讲的什么，只是低着头看讲稿，半节课之后我感觉没那么紧张了，开始脱稿了，渐渐地也和同学有了眼神交流。四节课结束后，同学们说：今天的课讲得不错，挺有收获的。

教学生涯就这样开始了，一直伴随我到现在。从三十岁出头到浙江传媒学院（原浙江广播电视高等专科学校）至今已经有29个年头了，教了一届又一届的学生，早期学生中有的做了我的领导，有的做了我的同事。我自己也从一个稚嫩的小小播音员成长为大学老师、教授、研究生导师，享受着桃李芬芳。

我经常想起自己的大学时代，从我那个校园到我这个校园，我感恩这一切经历。

在艺术语言的滋养下优雅地老去

柳小平

大学毕业，我回到湖北台，以柳棣的播音名在话筒前工作，直到退休。

1987 年湖北恢复职称评定时，一不留神我成了当年湖北最年轻的的副高，1998 年我被评聘为播音指导。

我曾获得过全国首届最佳播音奖，全国优秀播音主持优秀论文一等奖。播音、主持、解说、配音的节目有百多部集获全国各类奖项。

回望来路，近半个世纪，真够长久，厌倦过播音吗？奇怪，竟然没有。尽管有人黑播音员就是个话筒架子。

我给自己定的目标是，在话筒前，拿得下任何文稿。做到了吗？不确定，因为我对语言形态的探索没有停止过。看来这功课是要做一辈子了。

播音员首先是播好新闻。20 世纪 80 年代初，湖北台直播早新闻，播音组有个小本子专做差错记录，我最好的记录是直播新闻 40 万字无差错。

还是 20 世纪 80 年代初，我和华越搭档在湖北开创主持人节目《青年知音》，自己参与写稿自己主持，反响之好出乎意料，连续三届拿下湖北好新闻奖一等奖。

通讯播音，是我擅长的。文学节目是我喜爱的。小说，散文，诗歌，报告文学从备稿感悟到语言呈现，这个过程是我很享受的。

20 世纪 80 年代是广播的黄金年代，我没有辜负那个年代。

20 世纪 90 年代我进入电视行业，仍然以语言为长，给纪录片解说，为译制片、电视剧配音。

现在进入互联网时代，越来越多的人喜欢朗读，我为什么要放弃呢？

我在许多微信公众号里朗读诗歌、散文。

我想在艺术语言的滋养下优雅地老去。

怎么能写得尽呢？

敬一丹

怎么能写得尽走出校门近四十年的那些事呢？这些同学的“后来”，只用了寥寥数笔，扩展开来，都是人生自传的华彩乐章——

毛舒宁留校当了几年教师，就到中央人民广播电台了。那里发出的是国家声音。“这次新闻和报纸摘要节目是陆洋播送的”，对，那就是小毛同学。响彻人民大会堂的两会重要文件宣读，也是小毛同学。

那被叫作“老藏”的张利民，在西藏工作了 38 年，成为西藏汉语播音第一位播音指导。2014 年回到北京专心侍奉父母。他依然质朴如高原，他说，西藏，我的人生在那里，我的魂在那里。

杨曼当年是全班好声音，后来是跨国界的好声音，她在中国国际广播电台用好听的汉语讲述中国故事。世界各地的华侨华人在她的声音里感受到了母语魅力。

唐丽珍，年轻时同学叫她唐班长，中年时天津武清电视台同事叫她唐台长，她还是个好家长，播音、当头儿、上班、退休，因踏实而快乐。

秦鲁滨在陕西省台当了几年播音员后，就奔向开放前沿深圳，他给深圳留下音像信息记录，深圳也留下了一个西北人的岁月痕迹。

成都的白学礼从播音员“周楷”成为成都理工大学广播影视学院、成都师范大学的教授，27 年话筒前，16 年讲台前，他谦逊依然。

李建华、徐小宁，走出校门分别来到北京电台、江西电视台，她俩相似的是，年轻时都是漂亮女兵，如今都在美丽海边，她俩分别在不同的海边宁静生活。

侯玉茹的职业关键词是：普通话。作为国家语委普通话培训测试中心专家，在播音员主持人过“一级甲等”大关时，侯老师是专业把关人。

董传亮走出校门，大开大合，从北到南，从讲台到电台，创办交通台，研究融媒体，在浙江广电集团副总位置上告退，依然朝气蓬勃，老同学还是拍着他的肩膀叫他：小董。

终于说到他俩，亦真亦幻，又远又近。

王延华（1953—1999年），1969年成为下乡知青，1978年北广毕业到吉林省电台工作。1983年调吉林省计生委宣教中心，1996年到吉林北国电视台。因突发脑溢血于1999年6月去世。

王征（1954—2016年），1969年成为黑龙江建设兵团知青，1972年成为宁夏公安厅警察，1978年北广毕业后到北京第二外语学院工作，任日语学院办公室主任。于2016年9月因心脏病去世。

他们真的离去了吗？泪眼中，分明看见他们在笑，王延华似在说：东北老乡，多用几张我拍的照片啊！王征说：嗨，小敬，别改我的文章！

一个都没有少。

我们29个同学以这种方式在书里相聚，讲述我们走出校门以后的故事。

76播同学相识相聚40年

他们眼中的我们

校园里还有一排年轻的白杨

王纪言
北京广播学院 74 级电视摄影班学员
中国传媒大学教授、博士生导师
香港凤凰卫视执行董事
凤凰研究院院长

校园里大路两旁
有一排年轻的白杨
早晨你披着彩霞
傍晚你吻着夕阳
啊，年轻的白杨
吸取着大地的营养。

我们是年轻的白杨
我们是未来的栋梁
枝条捧出朝阳
绿叶伴着星光
啊，我们在成长
吸取着知识的营养
啊，年轻的白杨
树叶沙沙响
年轻的白杨

年轻的白杨

你好象对我讲

要珍惜春光

…………

这是广院人都熟悉的校歌，我在北京广播学院是电视专业，播音专业找我办事，我没脾气。

三十多年前，我当电视系主任。摄影专业肖像课作业，我系的男生们把播音系的女生拍得人仰马翻。播音系主任张颂教授找到我“抗议”，从那时候开始，我始终觉得欠播音系人情。

三十多年后，我以为播音系把我“放过了”，没承想敬一丹又找上门来，让我为他们的“工农兵学员”班史写几句话。我一看，心动不已，这回不是谁欠谁的事，几十年前相同的大学经历唤起了我许多许多感慨。

书中记录了一段不该遗忘的历史。1966 年到 1977 年“文革”十年中，有 94 万名“工农兵学员”成为特定时期中国大学的特定成员。岁月回望中没有批判谁也没有歌颂谁，它是一个历史的备忘录。

书中汇集了一批早已退出人们视线的记忆。记忆中的群体曾被美誉、还被争议，也被忽略。但这群经历了那个时代的人，提供了自己朴素有趣真切的大学体验，它是一本人生的特殊档案。

书中呈现了一个集体欢快而热闹的心境。字里行间看得出，“广院 76 级播音班”把传媒人这劲儿一直提着。都四十年了，该写的文还要写，该干的事就要干。笑谈笔记中是一个承上启下的豁达态度。

看到书中情趣盎然的插图，我想对年轻的师弟师妹们说：

我人生中对校园的特殊情感，对老师的格外亲近和对同学的不舍友谊，都来自于四十三年前作为“工农兵学员”迈入大学的那一刻。当时，我已干了四年农活、当了两年记者，有一种特别渴望知识的冲动。

于是，开启了一段可以动情回望的历史……

核桃林下的骄子

——有感于 76 播音专业的同学们

柳小满

北京广播学院新闻系 75 级编采专业学员

湖北电视剧中心主任

国家正高三级导演

“你写一篇纪念七六播的文章吧。记着，重点是‘工农兵学员’，关键突出‘末代’！”

这是敬一丹学友给我下达的“命令”。她是借着到武汉来讲课和探亲时，专程来我家看望我们夫妻时撂下这段话的。

听着她无可回驳的话语，我无法推辞。

唉，谁让我是他们的学长，还是他们的姐夫呢！我荣幸地娶了他们班的柳小平为妻。

如果说“工农兵学员”有浓烈的政治色彩，没错，它是“文革”否极泰来的产物。

1966 年的中国，知识等于邪恶，知识分子被称为臭老九！一夜之间，天翻地覆，大学统统废弃，文化被扫地出门，留下的只有文盲了。

一熬就是十年。

“大学还是要办的！”一语千钧！“老九不能走！”老百姓马上附和。

实行群众推荐、领导批准、学校复审相结合的办法，招收工农兵学员。厉害呀，这就是说，要把工农兵为主体的无产阶级朝知识分子方向培养！

从 1970 年开始至 1976 年结束，全国一共招收了六届九十四万工农兵学员。

那北京广播学院呢（中国传媒大学的前身）？据广院老领导、我的同班好友黄勇介绍，广院 1974 年恢复招生，持续三年，共招收和培养 589 人：七四级 159 人，七五级 250 人，七六级 90 人。共设三个系七个专业。

回到敬一丹的题目上，广院有 90 名末代工农兵学员，播音专业仅 29 名。我无法查到七六级全国一共招了多少工农兵学员，但播音专业一定是独苗。“七六播”一定是末代中的珍稀品种，别无分店。

敬一丹，这三个字已经是一张现代播音主持界的靓丽名片。可小敬到哪都说自己是工农兵学员，毫无忌讳。这在博士、博士后满天飞的时代，小敬还是很勇敢的。

毕竟“工农兵学员”在世界教育史上是一奇葩，小敬为什么还要把“末代”戴在头上呢？！

“末代”这两个字老让我联想起大清国最后一个皇帝溥仪。虽说是至高无上的皇帝，但加上“末代”就深感秽气！

末代工农兵学员？一点也不觉得“高、大、上”，倒是略感沮丧。

是调侃自己吗？不是。是揶揄社会吗？不是。对了，是庆幸，庆幸自己搭上了最后一班车！同时，也有对“最后”的感慨吧！

在当时那个时代，粉碎“四人帮”的狂喜还未散去，国家何去何从依然彷徨。特别是几千万中小学生和知识青年像一群嗷嗷待哺的婴儿，想吃盼吃又怕断奶。

幸运的是，敬一丹们没被抛弃，他们搭上了这班车，接受了当时最高学历的教育，成为了工农兵大学生。1977 年高考恢复后，小敬们被冠以末代工农兵大学生的称呼。

我是广院七五级编采专业的学员，比小敬们高一届。我是抱着强烈的求知欲望，提心吊胆，察言观色地到广院来学习的。“上、管、改”，是我们上大学的政治任务（上大学，管大学，用毛泽东思想改造大学）。

简述一下我 1975 年 10 月上大学到 1976 年 9 月粉碎“四人帮”期间的经历吧。

第一堂课，一位姓赵的老师给我们讲广播史，没说几句就遭到了好几位同学的质问和辱骂。我愕然！

在首都体育馆举行万人大合唱，批邓，反击右倾翻案风。我作为首都大学生方队的一员参加了在首体的彩排。正式演出那天，我借故溜了。当晚十点多钟，我被学校团委和系党总支传唤，质问：北京市团委来电查询，今晚演出，为什么大学生方队 X 排 X 号柳小满没到？我吓着了！

接着周恩来去世、“四·五”运动，因为我去了几次天安门广场悼念周总理，结果去山西的采访实习把我一人留下了。我糊涂了！

噩耗接踵而来，政治谣言满天飞舞。朱老总仙逝、唐山大地震、毛主席去世、“四人帮”倒台……实话说，我们班的一位同学差一点被这过山车似的政治风暴逼疯了！

那小敬们就不一样咯！

他们嘴里留着“三公一母”螃蟹的余香，进校不久就参加了天安门广场庆祝粉碎“四人帮”的百万人大会，有幸同华国锋主席及新的中央领导人同场欢呼！

“末代”们轻装了。他们如同海绵一样跳进了北京广播学院这片知识的海洋。

当然，这些“末代”们天生的缺陷是抹不去的。他们当中有的是已在地方台工作多年的播音员，也有连普通话都说不好的工人、农民、知青，共同点是他们文化程度都不高，基本只有初中和小学学历。但是，他们却得到了呵护和培养。看看谁是他们的老师吧：齐越、张颂、陈醇、陆茜；再看看谁给他们讲过课吧：夏青、方明、铁成、葛兰、林如、关山等等。用现在的话讲，“艾玛，吓死宝宝了！”这都是开创新中国播音事业的奠基者和播音理论的创造者呀！

如果说，小敬们像海绵一样吸吮着知识，那些播音泰斗们却是厚积薄发，用各种方式将自己毕生的绝学传授给他们。

在小课教室里，你能见到大师们和学生一对一地播新闻；在不大的校园中，你可见到大师们教学生吐字发声；夜晚在寝室的灯光下，大师们在帮学生整理心得体会……

29 个学生被几乎同等数量的大师们一对一地点拨、教化，这应该是广院历史上异常绚烂的一页。

1977 年冬天，一个星期天的早晨。

推开宿舍的棉布门帘，寒风扑面而来，风中裹挟着一女声的呼喊："阿毛，阿毛，阿毛。"淡青色的天空下，影影绰绰的核桃树林中，"阿毛"的声音就是那里传出来的。

我不由自主地循声而去。这声音由小到大，又由远及近，字音的间距越来越大，行腔的呼喊越来越长，我呆呆立在核桃林旁，毛骨悚然。突然，"八百标兵奔北坡"，一浑厚的男声传过来。嗨，这不是七六播的在练声嘛！

那年我回广院参加校庆，广院变为中国传媒大学。

校园大了，建筑多了，但那片不大的核桃林还在。核桃树真的算不上高大挺拔，开的花也算不上美丽，结的果实却异常坚硬。

四十年过去了，那些末代的小敬们又如何呢？

29 人中，多半同学获得国家高级职称，中央三大台播音主持的领军人物都有他们的座席，许多省（区）市的播音主持的翘楚中也有他们的身影。

末代的小敬们已然是师爷师奶，桃李满天下。

特殊年代艰难而幸运的一代人

蔡一兵

深圳国视影业传媒总裁

影视编剧　导演

先绕个弯儿，说说我的大学梦。

命不好，“大学梦”一直在做，可一直没做成。

1970年俺十五岁，初中毕业进了中专技校，两年后当了工人。再两年后应聘到当地广播电台当播音员，再两年后参军。不论在哪，都没沾着“推荐”上大学的边儿。1977年恢复高考了，我却在当兵。部队有名额，学科有限制，跟我的专长完全没关系。紧接着，前方有战事，上学的事只能等待。

1979年我复原回廊坊人民广播电台工作。还想上大学，领导说工作忙，离不开，不批准。筹建廊坊电视台，并担任首任电视播音员，我的大学梦还在做，直到高考只允许应届毕业生参加的规定出台，至此，大学梦碎了一地。

后来领导为安抚我和台里的一伙学历孤儿，批准我们在职公费考读了首届广播电视大学中文专业，才算勉强弥补了遗憾。

话说复原回到阔别数年的电台，蓦然发现播音组里多了个新来的大学生，我和76播的王亚平同学成了同事。我的风格是活跃张扬，风风火火，也经常是纰漏颇多。王亚平同志跟我恰好相反，细致、缜密、规范，讲究节奏和章法。领导看出了我们的互补特性，经常让我们搭档，一块儿播音，一块儿采访，效果还挺不错，有不少作品获了奖。我逐渐对王雅（王亚平播音名）同志的态度有了转变，从妒忌到佩服，从尊重到仰慕。后来在播音组大姐们的撮合下，我们的关系发生根本变化，她成了俺家的工农兵大学生媳妇，我成了76

播的女婿。

不是俺夸自家人，亚平真挺能开拓的。记得20世纪80年代中期，廊坊台要开办一档服务农村多种经营的广播节目，大家都不太熟悉农业，谁都不看好。领导把任务压给了王雅。谁知道她首次编播合一，自己策划、自己组稿、自己编稿、自己播音，竟然把一档《专业户之友》节目办得红红火火，听众来信一筐一筐的。20世纪90年代，在汕头电台，普通话节目本来不太受重视，王雅同志积极推荐优秀的普语主持人、组织播音员主持人业务培训，使汕头台的普语节目面貌发生了很大变化。她创办、主持了高质量的原创节目，使普通话节目成为深受潮汕地区群众特别是青年听众喜爱的广播节目。她主持的心理咨询节目保持着深夜时段的收听率纪录。多年听她的节目，我也能感受到大学给她带来的后劲。

家有工农兵学员，我也认识了亚平的那些同学们，他们在不同的地方，都是很有作为的人，在专业领域达到了很高的水准和成就。不论在电台、电视台，还是在学校、报社，多年的努力、坚持、进取，使得他们成了中坚。

在我看来。76播同学是那个特殊年代极其幸运的一班人。

工农兵学员是中国教育史上极其特殊的现象，我国从1966年大学停止招生到1977年恢复高考的10年间，全国高等院校共招收了94万基于推荐制的工农兵大学生。这区区不足百万的名额，相对全国2000多万下乡知青和1亿多蛰伏于工农兵等基层岗位的不同年龄的中学毕业生，上大学的概率不到百分之一！追求知识，改变命运，上大学，几乎是每个年轻人的梦想和痛点。

76播同学由于专业的特点，入学不是靠手掌的老茧，而是程度不同地凭借专业特长被录取。来到校园后，作为“末代”学员，他们更为幸运的是，学校的专业课程设置开始逐渐步入正轨，老师们开始教授语言技巧等过去不太敢讲的专业知识了，这对他们未来从事的播音主持工作是极其重要的。他们正式开学已经进入1977年，这时十年“文革”浩劫已经结束，回归正轨，拨乱反正，幸运的 76 播同学恰似一群已经游进春江的雏鸭，率先体验了水温的回暖。这段特殊的学习经历可以使人更为清醒和练达。

我们这代人，经历了懵懂，经历了苦难，经历了激情，经历了渴望，经历了彷徨，经历了幸运，经历了喜悦，经历了成熟。到了甲子之年，心中更多的是愉悦与平和。与经历过长征与战争的人们一样，我们经历了那个时代的风口浪尖，就人生体验来说，我们是幸运的。现在，这代人已经到了退休的年纪，其实，这恰恰是进入了一个更为自由的阶段。自由的身体，自由的思想，自由的精神，可以更加自由地发挥深深潜伏着的活力和创造力！我看到，76 播的同学正开始一段全新的写意人生！

一样的血液，不一样的选择

王福宇
76播工农兵学员王征、郑瑞霞的儿子
北京奥维视讯科技公司总经理
秀客直播创始人

我和爸爸一样，出生在北京复兴医院。

我和爸爸一样，幼儿园是在公安部幼儿园上的。

我和爸爸一样，小学是在白云路小学上的，护城河在旁边流过。

爸爸比我聪明，是跳级生，这一跳也就改变了他在这个平行宇宙中一生的轨迹，爸爸的初中是在“文革”开始的1966年到1969年，这是改变无数人命运的年份。

爸爸妈妈各自走了漫长的路，在工农兵学员的路上相遇，他们毕业三年后有了我。

在四年级的时候，爸爸给我报了奥数班，奥数班在西城北师大附属实验中学，爸爸周末就骑着自行车载着我从木樨地沿着长安街骑到民族文化宫的路口，拐进去到二龙路就是实验中学西门了，这样一读就是三年。我太笨，学不会，爸爸就在家辅导我，他自己先拿着书学一遍，然后再教我。那时候我和爸爸妈妈住的屋子只有12平米，在屋子外面的小过道里煮饭，在折叠圆桌上，爸爸和我一起做题。据说做题的时候，我先是拼命地努，努不出来了就往沙发后面一靠，哇哇大哭，爸爸从来不吵我，等我哭完了，继续耐心地给我演算和讲解。

我进了实验中学奥数的快班，但那时候，我一考试就发烧，爸爸说我“考试综合征”，结果失去了小升初进军实验中学的机会，我又把保送进三十五中的通知书藏了起来。后来爸爸又带我参加了北师大二附中的招生考试，我果然不负众望地考砸了。

爸爸说：你自己选，不去三十五中就不去，去二十一世纪这种寄宿制学校锻炼锻炼吧！

那时候觉得二十一世纪实验学校好远好远，爸爸是在报纸上看到的招生简章，认为这种公私合营的办学理念十分超前，就带我跑到定慧寺去面试。于是开始了三年的寄宿求学之路，爸爸每个周末都乘公交车去接我，然后打一个“面的”回家，从学校到木樨地地铁口是 9.9 公里，一共 10 块钱，再往家开就跳表了，所以每次我们都在地铁口下车。

初升高，爸爸问我：学校说你如果答应填写志愿报本校高中，免高中三年的学费，并且男生第一和女生第一可以由学校出钱去新加坡读高中。我当时说：不，我要考实验！

好吧，身为二十一世纪准头牌的我果然又一次让大家失望了，分数是 606 分，比实验中学录取分数线低 1 分。

于是又是爸爸带着我去找实验中学教务处，自费生需要每年缴纳 5000 元赞助费，然后就是选班，6 班是外校中考的理科成绩优异者的目标。接下来，爸爸卑躬屈膝般，在教务处主任面前提出了想把我分配在 6 班的想法，那个男老师趾高气扬地问：哪个初中的？爸爸说：海淀区二十一世纪的。男老师说：海淀的？连化学都没学过怎么上理科实验班？

我至今依然刻骨铭心地记得爸爸当时的表情和 1 分之差导致每年 5000 元的赞助费。

我拿着实验中学的录取通知书站在高中部平民班高一（1）班门口，心想：实验中学，我又回来了。

北师大实验中学高一第一堂化学课结束，我跑出去跟老师说：我要做化学课代表。

高一的时候我抛出了“学而玩”的谬论，爸爸也没怎么说我，我天天抱着双卡录音机听流行歌曲，买《当代歌坛》，卧室里贴满了各种明星的海报；后来观察和总结，当时应该是我发现无论如何也是考不过理科实验班的，完全处于被吊打的节奏，所以就索性“学而玩”了起来。不知道那个时候爸爸对我的期望是什么，后来据说不知道哪一天受了什么刺激，回到家把墙上的海报都撕了，卡带都封了，贴上了类似于“无敌”的大字报和三角函数公式。爸爸带着我去了西单图书大厦，骑着车驮回来很多参考书，高二的两次全年级统考大排名我都拿到了第二名，高三的时候学校跟爸爸说：你儿子成绩很好，今年不用交赞助费了。我想那一刻，爸爸应该特别高兴。

高考的日子到了，爸爸研究了各种行车路线，最后决定和我骑车去考场，既不堵车，还能一起说说话，放松一下。妈妈后来问，当年高考你为什么穿着长袖的校服？我说：是为了让老爹在考场外一眼能找到我。

考完后，我让爸爸去木樨地地铁站买晚报，因为考试的答案会刊登在晚报上，我把爸爸赶出去躲在屋子里对题，对完后高兴地跑过去跟爸爸说：至少 660，肯定北京前十了！

现实是残酷的，结果验证了考试综合征是一种常年不得根治的综合性神经系统疾病，由于写了一篇科幻作文被扣了 30 多分导致语文不及格，总分只得了 644 分。不过即便如此，看得出爸爸也是特别高兴，又带着我去实验中学填志愿。他特别担心的是我报的那个专业分数扎堆地高，拉着我要扔硬币，我不扔，赌气跑到班主任那，填了那个无线电专业最好的大学分数最高的专业，其他的一个没填。

妈妈常说：你爸从小就喜欢鼓捣无线电，说好了给我装一个调频收音机，到现在也没装。家里收拾破烂，经常能翻出来一盒子电子管什么的，爸爸床头摆满的杂志就是《无线电》。

2000 年，我 19 岁，爸爸妈妈非要送我去大学报到，心里那叫一个烦，总是觉得自己已经长大，不过爸爸妈妈却乐呵呵地跟在我后面，我们三个拉着箱子进了清华，我开始了在这个园子里本科、研究生 6 年半的时光。

多年后，我才知道，太姨姥姥和姥爷就是这个园子毕业的，我的小姨爷爷和小姨奶奶也是这个园子毕业的，我的小舅爷爷当年也考进了我的这个专

业，只有爸爸这一辈，因为时代的巨变，根本没有机会，若有，想必他也可以。

直到爷爷不在了，收拾遗物时，发现很多陈旧的同一天的一模一样的报纸，是2000年北京晚报清华大学录取人员名单的那一版。

直到爸爸不在了，看到留下的文字：

“回想一生，只上过五年小学，一年初中，二年大学，没有受过系统的科班教育，终是遗憾。”

才知我从白云路小学一路打怪升级通关到大清电子研究生毕业这十九年间爸爸付出了多少心血，他一直把选择的权力交给我，他一直在默默地支持我的选择。当年很多我不明白的，也许因为我在同样的年纪看不到爸爸在同样的年纪的经历：

小升初、初升高，我可以在多所学校中选择；高考的时候，我可以在志愿表上做多种选择，也可以空着一堆志愿不填，只填第一个。

可爸爸小学就停了课，走出中学却只能去东北建设兵团，一次又一次在大山上做回京读大学的梦。

人生终有遗憾，只差2个月爸爸未能见到孙儿王土豪。

我在三十五岁生日许愿，愿有生之年能有时光机一台，带王土豪穿越回去：去看看他爷爷，去公安部幼儿园，去白云路小学，去东北建设兵团，去宁夏固原县六盘山，去广院76播，去二外；去看看他爸爸，去公安部幼儿园，去白云路小学，去二十一世纪实验学校，去实验中学，去大清电子系。去看看两代人的求学之路，没选择和有选择的十九年，或许才能感知人生最可贵的并非富甲天下，并非高官厚禄，而是可以把命运掌握在自己手中。

我和爸爸的起点是一样的，一样的幼儿园，一样的小学，一样的护城河，一样的大院，可是他的人生与我的人生却随着时代的变迁如此不一样。很多时候他没有选择的权力，而我则一次又一次在选择的关头任性。好在我们流着一个家族的血液，我们有一样的坚持。

76播好声音

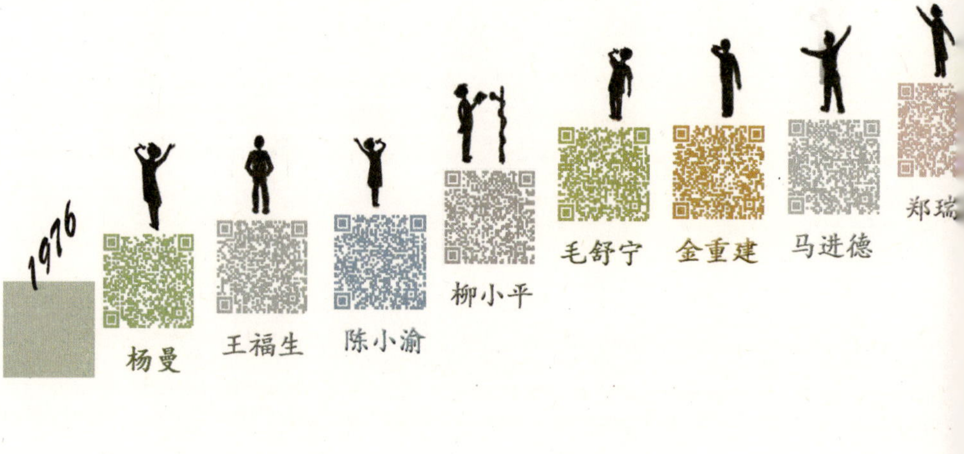

玮菊
侯玉茹
董传亮
敬一丹
谢克荃
亚平一兵
2017
2018
2019
2020

图书在版编目（CIP）数据

我 末代工农兵学员 / 敬一丹 等著 .-- 武汉：长江文艺出版社，2017.5

ISBN 978-7-5354-9591-4

I. ①我… II. ①敬… III. ①随笔－作品集－中国－当代 IV. ① I267.1

中国版本图书馆 CIP 数据核字 (2017) 第 076363 号

我 末代工农兵学员

敬一丹 等著

选题产品策划生产机构 | 北京长江新世纪文化传媒有限公司
选题策划 | 金丽红 黎 波 安波舜
特约编辑 | 王亚平 周 环 插图作者 | 李小梅
责任编辑 | 罗小洁 封面设计 | 李小梅 于 乐 内文制作 | 张景莹
助理编辑 | 张晶晶 媒体运营 | 张 坚 符青秧 责任印制 | 张志杰
法律顾问 | 张艳萍
总 发 行 | 北京长江新世纪文化传媒有限公司
电 话 | 010-58678881 传 真 | 010-58677346
地 址 | 北京市朝阳区曙光西里甲 6 号时间国际大厦 A 座 1905 室 邮 编 | 100028

出 版 | 长江出版传媒 长江文艺出版社
地 址 | 湖北省武汉市雄楚大街 268 号湖北出版文化城 B 座 9-11 楼 邮 编 | 430070
印 刷 | 三河市华业印务有限公司
开 本 | 710 毫米 ×1000 毫米 1/16 印 张 | 17
版 次 | 2017 年 05 月第 1 版 印 次 | 2017 年 05 月第 1 次印刷
字 数 | 200 千字
定 价 | 42.00 元